W0020108

Zu diesem Buch

Lene Voigt oder «unsere liebe Lene», wie sie von ihren Landsleuten und Verehrern stets zärtlich genannt wurde, hat sich mit ihren säk'schen Dichtungen längst einen festen Platz in der deutschen Dialektliteratur erobert. Ihre Parodien in sächsischer Mundart nehmen sich auf respektlose Weise unsere «Glassigger» vor und erinnern uns liebevoll an den Witz und den Hintersinn des sächsischen Dialekts. Da lesen wir unter anderem von «De säk'sche Lorelei», «Dr Zauwerlährling» und «Dr Drunk ausm Schtiwwel», in dem wir den «Taucher» wiedererkennen. Von den Kulturgewaltigen des Dritten Reiches schon 1933 verdammt, schrieb Lene Voigt diesen damals ins Stammbuch:

Un habbt Ihr ooch dn Stab gebrochen
längst iwer mich, Ihr hohen Herrn,
was Volksmund hier zu mir gesprochen,
das ziert mich mehr als Ordensstern.

«Lene Voigt beherrscht die sächsische Mundart in Vollendung. Sie wird auch mit der sächsischen Schriftsprache in einer Weise fertig, daß jeder Sachse seine helle Freude hat. Lene Voigt hat dem ‹Volk aufs Maul geschaut› wie weiland Martin Luther, und sammelte so Begebenheiten, die sich eben nur in Leipzig oder Dresden, in Zwickau oder Plauen ereignen können, die aber auch jeden ‹Auswärdchen› ansprechen, der sich noch einen Funken Humor im Herzen bewahrt hat.» («Weser-Kurier», Bremen)

Lene Voigt, geboren am 2. Mai 1891 in Leipzig, war in den zwanziger Jahren Mitarbeiterin der Zeitschrift «Der Gemütliche Sachse» und veröffentlichte ihre ersten Balladen. Nach 1933 bekam sie Schwierigkeiten mit den damaligen Machthabern, und 1936 verbot der Reichsstatthalter ihre sämtlichen Mundartbücher. Nach vorübergehendem Aufenthalt in München («In München wimmelts jetzt von Sachsen / un alle sächseln quietschvergniecht. / Im Hofbreihaus bei Bier und Haxen / hat Braxis Deorie besiecht») kehrte sie nach Leipzig zurück, wo sie jedoch wieder in die Fänge der Gestapo geriet. Am 16. Juli 1962 starb sie in ihrer Heimatstadt.

Von Lene Voigt liegt außerdem vor: «Säk'sche Glassigger» (rororo Nr. 12881).

Lene Voigt

Säk'sche Balladen

Zeichnungen von
Walter Rosch

Rowohlt

18. Auflage August 2001

Veröffentlicht im Rowohlt Taschenbuch Verlag GmbH,
Reinbek bei Hamburg, August 1978

Umschlaggestaltung Nina Rothfos
(Zeichnung Walter Rosch / Kolorierung Georg Meyer)
Satz Aldus (Linotron 505C)
Gesamtherstellung Clausen & Bosse, Leck
Printed in Germany
ISBN 3 499 14242 2

Des Sängersch Fluch

S'is mal ä Schloß gewäsen mit hibbschen Dirmchen dran,
Drin hauste schtolz ä Geenich, ä färchterlicher Mann.
Geen greeßern Feez där gannte, als wie sei Volk zu quäln,
Däm seine beesen Daden war'n gar nich mähr zu zähln.

Trotzdäm besaß das Egel ä wunderscheenes Weib,
Zum Gissen un zum Gosen ä sießer Zeitvertreib.
Doch wänn ämal ä andrer hinschielte bei die Frau,
Da machte gleich dr Geenich ä gräßlichen Radau.

Mal an ä Junimorchen, da gam ä Sängerbaar,
Ä Onkel un sei Näffe, wie's damals ieblich war.
Die ridden uff zwee Färden gägg in dn Schloßhof nein,
Härnachens laatschten beede zum Schbeisesaale rein.

Dr Alde, där griff Deene aus seiner Harfe raus,
Druff grehlte laut dr Jingling, es bäbte 's ganse Haus.
Dr Geenichin, där zarten, schbrang von där Brillerei
Schon bei dr zweeten Schtrofe äs Drommelfäll entzwei.

Jäh fuhr dr Färscht vom Drohne un schrie: «Jetz haltet's Maul!
Macht, daß'r nausgommt beede, schwingt eich uff eiern Gaul!»
Un wie die zwee schon rannten, da schmiß'r hinterhär
Mit gollernd-wilden Oochen ä frischgeschliffnen Schbäär.

Da sank där arme Jingling als Leiche uffs Barkett,
Sei Härze war getroffen dorch Wäste un Jackett.
Noch eemal rief'r: «Onkel!» Das war sei lätztes Wort.
Dr Alde zog dn Näffen am linken Beene fort.

Dann schtälltr sich im Hofe uffs Waschhausdach un
schbrach:
«Was heite ward verbrochen, zieh' beese Folchen nach!
Gee Bliemchen soll mähr wachsen, gee Abbel hier ge-
deih'n!»
Un seine Harfe faggtr ins Rächenfaß dief nein.

«De schtolzen Mauern gnigge gabutt dr nächste Schtorm!
De ganse Bude schtärze zusamm' mit Dach un Dorm!
De Gutschen soll'n zerschblittern, versinken jeder Gahn,
Un in ä Drimmerhaufen zerfall' de Geechelbahn!»

Dr Onkel hat's geschbrochen un also is geschähn:
Gee Grautschtrunk war in Zugunft im Barke mähr zu
sähn.
Bloß Disteln grochen schbärlich uff sandchen Boden hin,
Ä Fischbassäng noch hielt sich – doch war gee Wasser drin.

Dr Däbbichglobber ragte nur einsam noch ins Land,
Un sonst war alles Wieste, wo schtolz ä Schloß mal
schtand.
De Gällerasseln flitzten uff Drimmern hin un här . . .
Das gommt drvon, wenn Färschten so schmeißen mit'n
Schbäär.

Ridder Gurds Braudfahrd

Dr Ridder Gurd schbrang uff sei Färd,
Zur Drauung wolltr reiden
Un grinden sich ä eechnen Härd
Bei sießen Ehefreiden.

Doch unterwägs im finstern Wald
Da gam sei Feind geridden,
Un mit zwee Schtunden Aufenthalt
Ham die sich rumgeschtritten.

Bis ändlich bei där Geilerei
Dr Ridder Gurd dad siechen,
Dn Gechner hautr fast zu Brei,
Härnachens ließrn liechen.

Dann gabr wieder'n Roß de Schborn
Un flog zu holder Minne,
Da rief was ausn Hagedorn:
«Bst! He! Mir wohn hier hinne!»

Was dänktr wohl, wär das dad sin?
Sei friehrer Schatz, de Liese,
Die hauste mit ihrn Seichling drin
Im Freiluftbaradiese.

Nadierlich mußt' als Gavalier
Dr Ridder Gurd ä bißchen
Verweiln jetz bei dän beeden hier,
's gab manches saftche Gißchen.

Doch schließlich dachtr an de Braut
Un schtiech uffs Färd behände,

De Liese rief'n nach noch laut:
«Dänk an de Alimände!»

Un alsr ridd zum Dore rein,
War Jahrmarktsrummel grade,
Schnäll gooftr fier de Braud was ein,
Besondersch Schockelade.

Da gam sei Gleibcher Deodor,
Där brillte: «Halt, mei Guder!
Ich schoß dir doch zähn Daler vor,
Jetz zahlste die, du Luder!»

Dr Ridder schbrach: «Das gann ich nich.»
Dr andre rief de Wache,
Die hatte Gurd schon uffn Schtrich
Un machte gurz die Sache.

So dorfte schtatt ins Hochzeitsbätt
Ins Gittchen Gurdchen wandern,
De Braut fand sowas gar nich nätt
Un nahm vor Wut ä andern.

Begasus im Joche

Ä Dichter hatte nischt zu beißen,
Un weil nu mal de Not bricht Eisen,
Mußtr zum Färdemarkt hinloofen
Un dort sein Begasus vergoofen.

«Nee sowas!» riefen alle Leide,
«Wasses bloß alles gäm dud heide:
Ä Färd mit Fliecheln, hihihi,
Nu so ä butzches, sältnes Vieh!»

Da gam ä Bächter durchs Gedränge,
Där zahlte zwälf Mark fuffzich Fänge,
Un Begasus war dadruff seine.
Dr Dichter feixte un zog Leine.

Drheeme schbannt dr Bächterschmann
Dn Neiling vor 'ne Garre dran.
«Was macht dänn där mit mir fier Schtuß?»
Dänkt ärcherlich dr Begasus.

Un wubbdich saustr mit dr Garre
Ums Schulhaus rum un um de Farre.
Dann flitztr wild im Ziggzagg wäg
Un gibbt de Garre in dn Dräck.

Dr Bächter säbbelt hinterhär
Un schimft das arme Färdchen sähr.
«Du Saubiest!» brilltr iwern Acker,
«Glabbshäbbe! Angeschtochner Racker!!»

Am andern Morchen sagtr sich:
«Ich gloowe, mit Gewalt geht's nich.

Mr muß das Vieh mit List behandeln,
Dann dud's een ooch nich 's Zeich verschandeln.

Drum soll mit noch zwee Färdediern
Jetz Begasus de Gutsche fiehrn.»
Zuärscht ginks ooch gans scheen, doch dann
Fängt's Fliechelfärd zu hobbsen an.

Un hoch dn Bärch nuff siehtmrsch jagen,
De Fraun, die grietschen ausn Wagen.
Dn Begasus macht sowas Schbaß:
Ärscht uffn Gibfel hält das Aas.

Dr Bächter flucht, vom Zorn besässen:
«Jetz gricht där Gaul nischt mähr zu frässen!»
Un weil so grausam war sei Härre,
Da wurde Begasus gans därre.

Am dritten Dage mit ä Schtier
Sahk mr vorm Pflug äs Fliecheldier.
Doch da vom Hungern schlabb de Beene,
Fiel's um. Dr Ochse schtand alleene.

Da gam ä Schornalist geschländert,
Sofort war Begasus verändert,
Schbrang uff un fiehlte mit Entzicken
Dän Mann dr Fäder uff sein Ricken.

Vergnackt gam da sich vor dr Bächter,
Doch Begasus mit Hohngelächter
Rasaunte in de Wolken nuff,
Fäst saß dr Schornaliste druff.

's Ergännen

Ä Wandrer gommt, verdräckt, verlaust,
Ins Heimatdorf zurickgesaust.
Fimf Jahre bliebr in dr Främde,
Nu war gabutt sei lätztes Hämde.

Dr Zellner dudn nich ergänn
Un läßtn gald voriberränn'.
Drotzdäm 'r mal sei Feind sich nannte
(Das is doch eechentlich 'ne Schande).

Nu gommt dr Wandrer vor ä Heischen.
Drin wohnt sei Schatz, das gleene Meischen.
Da schteht se ooch am Fänster grade
Un gießt de Blum un de Domade.

Dr junge Mann grießt: «Gudden Morchen,
Mei allerliebstes hibbsches Dorchen!»
De Gleene awer meent: «Nanu,
Wie gomme ich dänn dadrzu?»

«Ach», seifzt dr Wandrer vor sich hin,
«Muß ich doch bloß ä Färkel sin,
Daß geener mich ergännt vor Dräck
Un alle guggen wieder wäg.»

Da gommt 'ne alte Frau gehumbelt,
Ä bißchen schief schon un verschrumbelt,
Die siehtn gaum, da lacht se schon;
«Härrjehmerschnee, das is mei Sohn!»

De säk'sche Lorelei

Ich weeß nich, mir isses so gomisch
Un ärchendwas macht mich verschtimmt.
S'is meechlich, das is anadomisch,
Wie das ähmd beim Mänschen oft gimmt.

De Älwe, die bläddschert so friedlich,
Ä Fischgahn gommt aus dr Tschechei.
Drin sitzt 'ne Familche gemiedlich,
Nu sinse schon an dr Bastei.

Un ohm uffn Bärche, nu gugge,
Da gämmt sich ä Freilein ihrn Zobb.
Se schtriecheltn glatt hibbsch mit Schbugge,
Dann schtäcktsn als Gauz uffn Gobb.

Dr Vader da unten im Gahne
Glotzt nuff bei das Weib gans entzickt.
De Mudder meent draurich: «Ich ahne,
Die macht unsern Babbah verrickt.»

Nu fängt die da ohm uffn Fälsen
Zu sing ooch noch an ä Gubbleh.
Dr Vader im Gahn dud sich wälsen
Vor Lachen un jodelt: «Juchheh!»

«Bis schtille», schreit ängstlich Ottilche.
Schon gibbelt gans forchtbar dr Gahn,
Un blätzlich versinkt de Familche . . .
Nee, Freilein, was hamse gedan!

De Lorelei

's Lied vom braven Manne

Es war ämal im Februar.
Dr Himmel sahk so sonderbar,
Un alle Männer, alle Fraun,
Die meenten: «Heite wärds noch daun!»

Un wärklich: nachmittags nach drein,
Da sätzte där Schlamassel ein.
Äs Wasser dreeschte vom Gebärche,
's war ä gewaltches Matschgewärche.

Dr Fluß schtiech heher in Minuten.
Äs Zellnerheischen iwern Fluten
Schtand in dr Mitte von dr Bricke,
Un die gink ähmd vergniecht in Schticke.

Dr Zellner sauste uffn Boden.
Dort guggtr raus un rang de Foden.
Vor Schräcken wordr immer blasser
Un bläkte: «Sibo!» iwersch Wasser.

Wie ooch där arme Gärl dad schbähn,
Ä Schutzmann, där war nich zu sähn.
Wohl awer heerte driem am Ufer
Ä Graf zu Färd dän Hilferufer.

Dr Edelmann schrie in de Meite:
«Horcht druff, was ich eich sage, Leite:
Wärn Zellner rättet, gricht von mir
Ä großes Faß voll Lagerbier!»

Se daden alle gärn een schmättern,
Doch geener wollt' bein Zellner glättern.

Dr Graf, wännschon sei Ansinn' scheen:
Berseenlich mochtr ooch nich gehn.

Da gam ä Bauer, sahk die Not
Un hubbte in ä gleenes Boot.
Drotzdäm gans gräßlich ging de Wogen,
Dr Zellner ward ans Land gezogen.

Un ooch sei Weib un fuffzn Ginder
Dad rätten unser Mann nich minder.
Zulätzt ä ibriches noch duddr
Un holt de dicke Schwiechermudder.

Wie brillten da ä «Hoch!» de Leide
Am Ufer alle voller Freide!
Schon winkt dr Graf ä Diener ran,
Där rollt ä mächtches Bierfaß an.

«Gomm här bei mich, mei wackrer Sohn
Un sauf das Fäßchen aus zum Lohn!»
Doch unser Bauer meent: «Läb wohl,
Ich mach mr nischt aus Algohol!»

Gans deitlich sieht mrsch wieder hier:
Dr Häldenmud gommt nich vom Bier.

Dr Geenich in Dule

Es war mal ä Geenich in Dule,
Där saß so bedriebt uffn Schtuhle
Un schtierte gans dees'ch vor sich hin.
Sei Härze, das bubberte bange,
Mr fiehlte: där macht's nich mähr lange.
(Wie das ähmd im Alder dud sin.)

So hockt'r nu uff dr Därrasse,
Mit Gaffee schtand vor'n änne Dasse,
Die liebt'r mähr wie all sei Gäld.
Dänn 's war ä Geschänk von sein Ännchen,
Die soff so bro Dag zwanzich Gännchen,
Drum mußt' se schon frieh aus dr Wäld.

Dr Geenich schbrach: «Wenn ich ooch schtärbe,
Die Dasse gricht geener als Ärbe!»
Druff schmiß'r se nunder ins Määr.
Dann lähnt'r sich hin an die Bristung,
Un weil gar so schwär seine Ristung,
Da gollert'r brombt hinterhär.

Dr Handschuhk

Dr Geenich Franz, das war ä Freind
Von Bandern, Leem un Diechern,
Gleich frieh, noch eh' de Sonne scheint,
Da saß'r vor sein Viechern.
Un wänn dann de Ministr gam,
Da brillte Franz gemeene:
«Was gimmert mich där ganse Gram?
Macht eiern Dräck alleene!»

Nu sollte mal ä Gamfschbiel sin,
Wo sich de Bestchen frässen.
Das war sowas fier Franz sein Sinn
Un ooch fier de Mädrässen.
Von nah un färn gam angerannt
De Leide, um zu guggen.
Un jeder rief: «'s wärd indrässant,
Wänn sich die Biester schluggen!»

Schon sitzen alle uff ihrn Blatz
Un glotzen durch de Brille,
Da hubbt ä Leewe mit een Satz
In diese Dodenschtille.
Das war ä färchterliches Vieh
Mit schauderhaften Oochen.
Där leecht sich Franzen wiesawie
Un rollt sein Schwanz im Boochen.

Druff gommt ä Diecher angesaust
Mit mordbegiercher Fratze
Un hebt, daß allen heimlich graust,
Zum Angriff seine Datze.

Schon will dr Leewe, wild gemacht,
Sich rewangschiern beim Diecher,
Da schdärzen ausn Zwingerschacht
Zwee Leobardenviecher.

Nu schtehn se alle viere da
Un fauchen wie besässen.
Äs Bubligum, das dänkt: «Aha,
Jetz wärnse sich gleich frässen.»
Uff eenmal fliecht ä Handschuhk nein
In de Vierbiesterrunde,
Un zu ä Ridder heert mr schrein
De scheene Gunigunde:

«Mei holder Freind, nu zeiche mal,
Ob Mud de hast im Leibe!
Geh' nunder jetz ins Gamflogal!
Dann grichste mich zum Weibe.»
De Leide wärn vor Schräck gans blaß
Un flistern schlotternd leise:
«Was die sich rausnimmt, häärnse, das
Is geene Art un Weise.»

Un wärklich laatscht dr Ridder giehn
Jetz nein bei die vier Gatzen.
Die dun zwar midn Oochen gliehn,
Doch feixen ihre Fratzen.
Dänn wenn se ooch gefährlich sin,
Där dud'n imboniern.
Dn Handschuhk reicht'n freindlich hin
Jetz eener von dän Viern.

Dr Ridder sagt: «Ich danke scheen!»
Dann faggtr'n bei de Dame

Un dud'r schtolz dn Ricken drehn:
«Adjeh, du Gans, infame!»
Das gommt drvon, wänn änne Maid
Ihrn Liebsten so dud gränken.
Gee andrer hat das Weib gefreit.
(Mr gann's ooch geen verdänken.)

Dr Gank nachn Eisenhammer

Ä allerliebstes Gärlchen war
Dr gleene Fridolin,
Där seit sein zwälften Läbensjahr
'ne Gräfin dad bedien.

De Schtiefel butzt'r jeden Dag
Ihr fimfunzwanzichmal,
Wänn ooch gee häbbchen Schtoob drufflag,
Das war'n ähmd gans egal.

Ich gloobe, wänn de Gräfin giehn
Dn Mond verlangte, dann
Däd Fridolin sich nuffbemiehn
Un brächt' die Guller an.

Nadierlich war de Härrin gut
Un freindlich zu das Gind.
Darieber hatte mächt'che Wut
Ä andrer vom Gesind'.

Dr rubbche Robert warsch, ä Mann
Behaart, wie so ä Bär,
Där grallte mal dn Grafen an
Un machtn 's Härze schwär.

Vonwächen daß dr Fridolin
Dr Gräfin sich erglärt,
Un was fier Schwindel sonst noch giehn
Hat Robert vorgemährt.

Der Graf, gollärisch von Nadur,
Ward uffgereecht un heeß

Un brillte bloß in eener Dur:
«Wie gut, daß ich das weeß!»

Dann riddr blätzlich im Galobb
Zum Eisenhammer hin,
Verlor drbei dn Hälm vom Gobb
Un war wie halb von Sinn'.

Zwee lange Schlottche schierten da
Mit Riesenschtangn de Glut,
Un wie dr Graf un's Färd gam nah,
Da zogen se ihrn Hut.

«Halloh, ihr beeden, uffgebaßt:
Wänn Eener gomm dann dut
Un fragt: «Habt ihr dän Gärl gefaßt?
Dän schmeißtr in de Glut!»

Wie hat dän Deifeln da vorn Dor
Ihr Härze froh gebocht,
Dänn 's gam nich alle Dage vor,
Daß eener ward gegocht.

Un heeme schickt dr Graf sofort
Dn Fridolin in Wald,
Daß där, geschbrochen gaum sei Wort,
In Ofen wärd gegnallt.

Dr Gleene pflickte unterwägs
Viel Bäärn sich ab vom Schtrauch,
Doch blätzlich rief'r draurich: «Äägs!»
Dänn 's warn so schlächt im Bauch.

Wie ändlich 's Ibel war vorbei,
Zum Ofen saust'r hin,
Un uff sei Fragen brilln die zwei:
«Jawoll, där Gärl liecht drin!»

Dr Graf, där guggte gans benomm,
Wie unser gleener Mann
So friedlich dad zurickegomm
Un ängstlich meent'r dann:

«Was ham dänn die zwee Schlottche dir
Gesagt, mei Gind? Nu schbrich!»
«Ach, deirer Härr, verzeihe mir,
Verschtanden habb ich's nich.

Ich habb gegriebelt drieber nach
Dn gansen Wäg hierhin,
Där eene schwarze Deifel schbrach:
«Jawoll, där Gärl liecht drin!»

«Un haste Robert nich gesähn?
Nee? Wärklich nich? Härrjeh!
Jetz is däm Bruder was geschähn,
Das dud ä häbbchen weh.»

Un dief beschämt ergannte nu
Dn Sachverhalt dr Graf:
«Wie gonnt ich gloom bloß däm Filuh!
Ich bin weeßgodd ä Schaf.»

's Riesenschbielzeich

Ä Riesenfreilein gink ämal
Schbaziern gemiedlich dorch ä Dal.
Dort dad se uffn Fäld de Bauern
Bei ihrer Landarbeet belauern.

Besondersch macht'r eener Schbaß,
Das war so'n gleenes, flinkes Aas.
Där sauste mit sein blanken Pfluge
Dorch jede eenzche Ackerfuge.

«Nee, so ä butzcher Griewatsch bloß,
Gerade wie mei Finger groß!»
So rief de Riesin aus mit Lachen
Un dad sich bei das Gärlchen machen.

Schwubb sacktse'n nein in ihre Schärze
Un drickt'n glicklich an ihr Härze.
Drheeme lief se bei ihrn Vader,
Där war so hoch wie ä Deader.

«Nu gugge nur, was ich hier habbe!
Is das nich änne ulkche Grabbe?»
Dr Riesenvader awer schtränge
Schbrach: «Nu, du willst wohl dichtche Sänge?

Wie gannste dänn, du dummes Gind,
Ä Bauer glaun? Jetz loof geschwind
Un sätzn wieder uff sei Fäld,
Damitrsch weiter hibbsch beschtällt.»

De lange Dochter zog 'ne Flabbe.
Glattsch, gricht se eene uff de Glabbe.

«Ach, Babbah», meentse under Drähn,
«Ich habb mich so verliebt in dän!»

«Was?» schrie dr Vader außer sich,
«De liebst dän Gleen? Nu schäme dich!
Das is diräkt berwärs, mei Dochter!»
Un wietend uff de Dafel bocht'r.

«Dadraus wärd nischt, das märke dir!
De heiratst Nachbarsch Gasimir!
Där is zwälf Meder achtunzwanzch,
Das gibbt ä Bärchen, ei verdanzch!»

De Dochter wurde wieder nichtern
Un fragte bloß ihrn Vader schichtern:
«Is dänn ä Bauer, sage mir,
Dadsächlich so ä wichtches Dier?»

«Nu freilich», meente druff dr Alde,
«Wänn die nich wärn, da hättmr balde
Im ganzen Lande nischt zu frässen,
Das därfste niemals nich vergässen!»

Un brav un folchsam lief de Lange
Zurick jetz mit ihrn hibbschen Fange.
Se schtälltn, wo se'n mauste, hin,
Un dachte: «'s hat ähmd nich solln sin.»

De Sonne, die bringt's an dn Dach

Dr Meester saß mit seiner Frau
Am Gaffeetisch un machte blau.
De Sonne schien uffs Millichdäbbchen,
Da schbrach dr Meester, blaß ä häbbchen:
«Du bringst's ähmd doch nich an dn Dag.»

Druff schbitzte gleich de Frau de Ohrn,
Damit'r ja nischt ging verlorn.
«Heh, was is los? Du nich so deesen –
Ich habb's geheert – was soll'n das heeßen:
Du bringst's ähmd doch nich an dn Dag?»

Dr Meester groch in sich zusamm
Wie so ä ausgedrickter Schwamm.
Dann meentr: «Das gann'ch dir nich sagen,
Sonst geht mrsch doch noch mal an Gragen –
De Sonne bringt's nich an dn Dag.»

Nadierlich ließ de Frau nich logger,
Se flanzte fäst sich uff ä Hogger
Un schielte so von untenruff
Rächt zärtlich bei ihrn Alden nuff:
«Was bringtse dänn nich an dn Dag?»

Dr Meester awer blieb verschlossen.
Un weil se darum sähr verdrossen,
Rief wietend jetz sei Weib: «Nu rede,
Sonst bin ich heite Nacht gans schbrede!
Was bringtse niemals an dn Dag?»

Von soviel Gwängeln wurde schließlich
Dr Meester mirbe. Un verdrießlich

Erzähltr leise jetz sein Weibe,
Daßr ä Mänschen ging zu Leibe.
De Sonne bringts nich an dn Dag.

Das war vor eenunzwanzich Jahrn,
Un weil ringsum bloß Beime warn,
Da rief sei Obfer gurz vorm Schtärm,
Gen Himmel zeichend mitn Schärm:
«De Sonne, die bringt's an dn Dag!»

«So», schbrach dr Meester, gans im Schweeße,
«Nu weeßtes, wie ich mal war beese,
Jetz bis gescheit un hibbsch verschwiechen,
Sonst gommt de Bollezei geschtiechen.
De Sonne bringt's nich an dn Dag.»

Zwee Dage hielt de Frau de Gusche,
Am dritten schbrang se uff 'ne Husche
Zur Nachbarin un – so ä Leichtsinn –
Heert nich uff, bisses dad gebeicht' sin.
Bringt's nu de Sonne an dn Dag?

«Das is ja färchterlich», rief die
Un sagt's dn Leiten wiesawie,
Von dän's de Milchfrau gleich erfuhr,
Die nahm dän Fall mit uff de Dur.
Nu bringts de Sonne an dn Dag.

Un wo dr Meester sich ließ blicken,
Da duscheltense hintern Ricken:
«Dort gommt dr Meichelmärder an!
Die arme Frau von so ä Mann!
De Sonne brachtes an dn Dag.»

Un wubbdich gam de Griminälln,
Die daden frieh sei Haus umschtälln.
Gaum drad dr Meester aus dr Diere,
Da hat'r um de Hände Schniere.
De Sonne bracht's doch an dn Dag.

Nu baumeltr geschträckt am Galchen
Mit noch zwee andern Mordganallchen.
De Sonne schticht'n uffn Deez,
Ich gloowe gar, där macht's noch Feez,
Daß doch se brachtes an dn Dag.

De Weiwer von Weinsbärch

Dr Gaiser Gonrad hatte Wut
Uffs Städtchen Weinsbärch sähre:
«Wänn sich das nich ergäm mir dut,
Da gibts 'ne Mordsaffäre!»
So ließr dorch sein Härold blasen
Nach Weinsbärch nein in alle Schtraßen.

De Bärcher wurden blaß un bleich
Un gratzten sich äs Gäbbchen.
Se wußten, gricht dr Gaiser eich,
Gibts Gnade nich ä häbbchen.
Dänn Gonrad war begannt im Lande
Als Fiehrer änner wilden Bande.

Doch eenes Ahmds, da rickte vor
Ins grimmche Feindeslager
Dr allerscheenste Damenflor,
'ne jede war ä Schlager.
Un all die hibbschen Fraun un Mädchen,
Die flehten um Bardong fiersch Städtchen.

Dr Feind, zu sähr von Wut durchdobt,
Verwarf de sieße Bitte.
Bloß wurde jedem Weib erloobt,
Daß morchen frieh se schritte
Zum Dore naus mit soviel Schticken
Vom Hausschatz, als wie trägt ihr Ricken.

Am andern Dage, guch doch an,
Was wälzt sich ausn Schtädtchen?
Ä jedes Weibchen schläbbt sein Mann,

Wie schwitzt da manches Mädchen!
Besonders änne gleene Dicke
Beicht bis zur Ärde ihr Genicke.

Un Millersch Anna bricht zusamm,
Weil Zäntnerlast gee Gwark is.
Da dauscht se mitn Breitigam
Von Minnan, där nich schtark is.
Un ruft dr Freindin nach mit Zagen:
«Das heeßt, ich borch dirn bloß fiersch Dragen!»

Dr Feind fihlt iberlistet sich
Un leeft bein Gaiser schnälle:
«De Fraun benähm sich färchterlich,
Verbiet' das uff dr Schtälle!»
Doch Gaiser Gonrad meent mit Lachen:
«Ich gab mei Wort – 's is nischt zu machen.»

De Weiwer von Weinsbärch

's Glick von Edenhall

's war 'ne Familiche von Adel,
An Ruhme reich un ohne Dadel,
Die als ä Ärbschtick schtolz hob uff
Ä Bierglas mit ä Däckel druff.

De Leite hießen Edenhall
Un wußten, daß uff jeden Fall
Äs Glick se schitzte Jahr um Jahr,
Solange gans ihr Bierglas war.

Doch sollte das mal gehn gabutt,
Dann drohte Unheil un's floß Blutt.
Drum wurde's liewer nich benutzt
Un bloß dr Däckel hibbsch gebutzt.

Ämal bei änner Sauferei
Voll doller Lust un Rauferei
Rief blätzlich laut dr Sohn vom Haus:
«Los, holt jetz unser Ärbglas raus!»

Dr alde Diener schrak zusamm
Un schtand vor sein Gebieter schtramm.
Där ließn nich zu Worte gomm
Un hatn 's Bierglas abgenomm.

Weil färchterlich besoffen war
De ganse hochgeborne Schar,
Da schbrang beim Brost äs Glas entzwei.
Nu hattense de Schweinerei.

Dr alde Mundschänk wurde blaß
Un murmelte voll Angst äwas.

Dr junge Lord rief: «Schtille biste!
Schaff's nunder in de Schärwelgiste!»

Gaum war dr dreie Diener naus,
Da wackelte äs ganse Haus
Un mit ä Blautze schtärzte's ein.
Dr Schänk ging gar nich wieder nein.

De Bärchschaft

Es war mal ä gans gemeener Dyrann,
Där schnauzte bloß egal de Untertan' an.
Die mußten sich schinden bei schbärlichen Habben
Un dorften drzu rächt viel Schteiern berabben.

Da meente Härr Damon, ä Demograd:
«Jetz, Brieder, baßt uff: ich dreh' änne Dad!»
Un schon wärchtr nein in de Aktenmabbe
Fimf Handgranaden, die warn nich von Babbe.

Druff schlichr sich hin bei dn beesen Dyrann
Un brannte drzu 'ne Zigarre sich an.
(Das dorftr nich machen, die hatn verraten,
's war ähmd noch ä Neiling in Addendads-Daden.)

Nu wurde mei Damon mit großem Gebrill
Vorn Härrscher geschleeft, un där fragt, wasr will.
«Ich wollte dich eechentlich greilich ermorden,
Doch – wiede ja siehst – is nu nischt draus geworden.»

Druff feixte rächt hehnisch dr beese Dyrann:
«De wolltest mich deeden? Nu gugge doch an!»
Dann riefr de Gnächte, zwee rohe Ganallchen:
«Gommt här jetz un leiert dän Gärl nuff an Galchen!»

«Nu musses dänn gleich sin? Das geht nich so schnäll»,
Schbrach Damon, dr Handgranaden-Rebäll.
«Ärscht muß ich mal runter nach Wurzen, mei Bäster,
Da heirat de Glara, von mir änne Schwäster.

Ihr Liebster is Garle, von dämse ä Sohn hat,
Un nu isse schon widder im siemten Monat.

Ich schtäll ooch ä Bärchen, dn Baule aus Borne.
Dän gannste an meiner Schtatt murksen im Zorne.»

«Na scheen», meente Dyonis, «gondle nur zu,
Mir isses gans worscht, bammelt Baul oder du.»
(Dänn daß gar dr Damon gäm widder zurick,
Das gloobte dr Härrscher nich een Oochenblick.)

Gaum war nu de Glara de Frau von ihrn Mann,
Lief heeme Härr Damon so schnäll alsr gann.
Doch gurz noch vorm Ziele, da fängts an zu gießen,
Als wollte de Ärde in Subbe zerfließen.

«Härrjeh», schrie där Arme, «soll ich dänn verdärm?
Das is ja abscheilich – da nitzt ooch gee Schärm.»
Un weil ja ee Unglick gommt sälten alleene,
Rutscht ooch noch de Bricke fort; das war gemeene.

Gee Gahn war zu sähn. Da rief Damon: «Verdimmich!
Ich bin ja zwar wasserschei, awer jetz schwimm ich!»
Un glicklich erreichtr de andere Seite.
Da hubbt uffn zu änne gräßliche Meite

Von Reiwern un Märdern mit Schbießen un Schtang,
Die wolln sich Härrn Damon zum Ahmbrote fang.
Där awer, nich faul, bocht se alle vorn Gobb
Un flitzt dann drufflos in geschtrecktem Galobb.

Doch gaum isr zwanzich Minuten gerannt,
Da gommt änne Dame, dodschick, elegant.
Die schmeißtn ä Blick zu, där gehtn durchs Mark.
Jetz, Damon, sei dabfer! Jetz, Damon, sei schtark!

«Mir genn uns doch, Gleener», meent zärtlich de Sieße.
Schon zittern Härrn Damon de Gnie un de Fieße,
Da dänktr an Baulchen un brillt: «Heite nich!»
De hibbsche Gogotte zieht weiter ihrn Schtrich.

Un wilder dud Damon druff rasen un jagen.
Schon siehtr von färne de Gärchdärme ragen,
Da fiehltr: ähmd jetz wärd ergriffen dei Baul!
Un saust nachn Ziel wie ä wahnsinnncher Gaul,

Verliert seine Laatschen, dn Schärm un de Brille.
Doch 's isn egal, geen Moment schtehtr schtille,
Fliecht iwer ä Wärschtchenmann, schtärzt durch 'ne Scheibe,
Un landet vorm Galchen mit bibberndem Leibe.

«Hah», brilltr zum Hänker, «das gennt eich so bassen!
Gleich läßte mei Baulchen los! Mich mußte fassen!»
«Nanu», meent bedäbbert dr beese Dyrann,
«Da gommt ja weeßgnebbchen där Esel noch an!»

Doch weil alle Leite so jubeln un schrein,
Da lädr die Beeden zum Dauerschkat ein
Un flistert zum Scharfrichter: «Bis ohne Sorchen,
Mr hängse in aller Gemiedlichgeet morchen.»

Lenore

Lenore sauste ausn Bätt
Un fuhr in ihre Laatschen,
Denn's schiener, als wenn eener tät
Vorm Hause unten graatschen.

De Mudder aus dr Gammer schbrach:
«Was mährschte denn am Fänster?»
Lenore rief: «Ich guck' mal nach,
Ich gloobe, 's gomm Geschbänster.»

«I geene Ahnung, dummes Gind.
Was so ä Mädchen schlabbert!
Im Garten draußen seifzt dr Wind
Un's Bodenfänster glabbert.»

«Nee, nee, ach Mudder, 's muß wär nahn,
Ich färchte mich zu Dode!»
«Nimm doch ä Schlickchen Baldrian
Dort driem von dr Gommode.»

Da blätzlich heert Lenore, daß
Ihr Name wärd gerufen,
Un uff dr Dräbbe raschelt was
Un dabbt sich nuff de Schtufen.

Lenore schleicht zum Gorridor,
Ihr Härz globbt in Egstase,
Gen Himmel schteht dr Zobb ämbor,
Galkweiß is ihre Nase.

«Wär is da draußen vor dr Dier?
Welch schaurich Gast uns nahte?»

«Gomm, sießes Bubbchen, effne mir,
Bin Wilhelm, dei Soldate!»

«Du liechst! Mei Schatz där fiel bei Brag
Im Nahgamf mit ä Färde.
Sei Freind, dr Emil Donnerschlag
Grub sälwer'n in de Ärde.»

«Ruht ooch mei Balch am Frantischek,
Das hat nischt zu bedeiten.
De Seele schwang sich frehlich weg
Zu iberärdschen Freiden.

Drum gomm, mei Lorchen, riechle uff,
Mei Flugzeich wartet unten,
Mir gondeln jetz in Himmel nuff,
Verlähm dort sälche Schtunden.

Un jeden Frieh, eh's häll dud sin,
Bring ich zurick mei Schätzchen
Un leeche's hibbsch ins Bätte hin
Uffs irdsche Schlummerblätzchen.»

Druff meente Lorchen: «Is gemacht.
Ich will mich gerne fiechen.
Das haste brima ausgedacht,
Drum folch' ich mit Vergniechen.»

Dr Drauring des Bolygrades

Dr Geenich schtand ohm uff sein Dache
Un schbrach zum Freinde: «Das is Sache,
Wie hibbsch mei Ländchen vor mir liecht!
Nu gugge nur, wie scheen de Babbeln
Da unten dun im Winde zabbeln,
Als hättense ä Glabbs gegriecht!»

Dr Freind, das war ä Bessimiste,
Där meente diester: «Niemals biste
Vorm beesen Unglick ganz gefeit.
De weeßt, dei Feind, das is gee Guder!
Wär garandiert dänn, ob das Luder
Nich heit' noch ahnfängt Gamf un Schtreit?»

Doch gaum war das gesagt, da brillte
Ä Bote laut, als wärer wilde:
«Hurra, mei Färscht, dr Feind is dod!»
Un aus ä Scheiereimer zärrtr
Ä Gobb, där ganz entmänschte Märdr,
Un schtälltn hin beis Mittagsbrot.

Doch drotzdäm schbrach dr Freind sähr driebe:
«Nimm nich so wichtich diese Riebe,
Bolygrades, un denke dran:
De ganze Flotte haste draußen,
Die dorch ä beeses Schturmesbrausen
Glatt in dn Grund dir rutschen gann!»

Uff eemal gibbts ä großen Drubel
Vorm Hause, un mit Deebs un Jubel
Gomm alle Schiffe angeschwomm.

«Was sagste nu?» So fragt dr Geenich.
«Is dir das immer noch zu wenich?
Gee eenzches hat dr Schturm genomm!»

«Weeßgnebbchen», so geschteht nu ändlich
Dr Freind, «dei Glick is eenfach schändlich!
Bloß ee Bedenken bleibt mir noch:
De Kreter dorkeln rum im Lande,
Das is 'ne ganz gemeene Bande.
Baß uff: äs Unheil baggt dich doch!»

Da drehnt de Luft laut von ä Dusche
Un wie aus änner eenzchen Gusche
Bläkts Volk ganz närrsch: «Mir ham gesiecht!
Gabuttgedroschen sin de Kreter
Bis uff dn lätzten Schtabstrompeter.
Drum feixe, Färscht, un sei vergniecht!»

«Nee», meent dr Gastfreind, «jetz schlägts dreizn!
Dei Glick wärd noch de Gädder reizn,
Die neidsche Bucht verdrägt das nich.
Drum schmeiße deine liebste Sache
Ins Määr als Obfer – mache, mache!
De Gädder ham dich uffn Schtrich!»

«Na scheen», so schbricht dr Färscht, «ich denke,
Wenn ich den Gärln zur Sihne schenke
Mein Drauring, wärnse sähr sich frein.
Där is geschmickt mit ä Rubine
Un eingrawiert schteht drin ‹Bauline›.»
Blumbs, faggtr'n in de Fluten nein.

Am andern Morchen, da gommt Fritze,
Dr Goch. Där schwänkt fidel de Mitze

Un ruft: «Nee, so ä glotzches Glick!
Gaum schlacht' ich heit' de ärschte Flunder,
Da schickt äs Määr uns – wälch ä Wunder –
In där ihrn Bauch dn Ring zurick!»

Da saust dr Freind in wildm Satze
Zum Ausgang mit geschtreibter Glatze:
«Hier bleib'ch nich fimf Minuten mähr!
Wer weeß, was Zeis noch mit dir vorhat!»
Druff flitztr fort uff sein Motorrad,
Als wär dr Deifel hintern här.

Dr Graf von Gleichen

Wie dr Härr Graf von Gleichen war
Verheirat' gaum ä halwes Jahr,
Da macht'r änne große Reise.
(Das is doch geene Ard un Weise.)

Sei junges hibbsches Weib Gertraude
Sang draurich jeden Dag zur Laude:
«An änner Ehe ohne Mann,
Da liecht mir Ärmsten gar nischt dran.»

De Gnochen sich im Gamf zu schtärken,
Zog Härr von Gleichen bei de Därken.
Zuärscht is alles gut gegang',
Doch schließlich wurd'r eingefang'.

Mal saß'r diefsinnch in sein Gärker,
Uff eenmal globbt sei Härze schtärker:
Ä scheenes Freilein, hold verschleiert,
Gam vor sei Gidder angeleiert.

«Wär bist dänn du?» schbrach froh erschrocken
Dr Graf und langte nach ihrn Locken.
De Gleene ließ sich ooch dran ziehn
Un flisterte: «Ich bin Schirin.»

«Ach», seifzte Gleichen, «gomm ä bißchen
Bei mich und schenk' mr sieße Gißchen!
Ich war so lange ohne Frau,
Drum is mirsch gans entsätzlich mau.»

Un weil mr nu im Oriänt
Nich so viel Zimt um sowas gännt,

Da schlipfte in dr nächsten Nacht
Schirinchen bei dn Grafen sacht.

Där dadse voller Glick umfassen
Un schbierte: Die gann'ch nie mähr lassen.
Drum meent'r: «Gäddliche Schirin,
Wolln mir zusamm nach Deitschland fliehn?»

«Nadierlich», rief de gleene Bubbe,
«Wie gärne ich mit dir enthubbe!»
Un schon zur nächsten Middernacht
Ward meichlings änne Flucht vollbracht.

Se sausten uff zwee schwarzen Färden
Vorbei an Därfern un an Härden,
Un morchens, als de Sonne schien,
Da warnse glicklich schon in Wien.

Dort grichte Gleichen in dr Gammer
Uff eenmal dichtchen Gatzenjammer
Un meente: «Wänn ich doch bloß wißte,
Was Traudchen sagt zur ganzen Giste!»

Schirinchen sahk verwundert drein
Un schbrach: «Wieso? Se wärd sich frein.»
«Ach», rief dr Graf, däm's sähre graute,
«Hast du 'ne Ahnung von Gertraude!»

Dann meent'r: «Horche druff, mei Gind:
Mei Weib is nich wie du gesinnt.
Die heilde sicher Dag un Nacht,
Weil ich dich habbe mitgebracht.»

De Därkin, wärklich gut von Härzen,
Wollt' Traudchen nich ins Unglick schtärzen
Un sagte: «Weeßte was? Ich bleibe
In Wien un grinde änne Gneibe.

Un jeden Monat gommste mal
Un schteigst dann ab in mein Logal.
So feiern mir – wie wunderscheen –
Egal uffs neie Wiedersehn!»

Ä Schteen fiel da vom Härz dm Grafen:
«So gann'ch bei allen beeden schlafen!»
Un frehlich dad'r heeme ziehn. – – –
(Brombt jeden Ärschten ging's nach Wien.)

Dr gurzsichtche Geenich

Was wolln de nordschen Fächter dänn
Dort alle uff een Haufen?
Un immer mähr drzu noch ränn.
Dad eener gar ersaufen?
Gewaltich deent ihr Gamfgeschrei,
Dr Geenich, där is ooch drbei.
Jetz brilltr was ins Määr,
Dr Wind drägt's grade här:

«Du feicher Reiwer, warte nur,
Mir wärn uns forchtbar rächen!
Gib meine Dochter mir räddur,
Sonst siehn mr dei Verbrächen!
De dänkst wohl, weil ich gurzsichtch bin,
Da gugg ich so genau nich hin?
Ich weeßes, daß mei Gind
Sich driem bei eich befind'.»

Da tritt aus seiner Hornsche* raus
Dr färchterliche Reiwer,
Wie so ä Deifel siehtr aus,
Drumrum schtehn zackche Weiwer.
«Nu gommt nur riewer Mann um Mann,
Daß ich mich mit eich gambeln gann!»
Un wieder feixtr gräßlich.
(Nee, is där Gärl bloß häßlich!)
Da saust herbei dr Geenichssohn,
Där is ärscht sibbzn Jahre,

* Behausung

Un ruft: «Dän Lumich griech' ich schon,
Däm fahr' ich in de Haare!»
Druff schbringtr in 'ne Gondel nein
Un schtäckt ä Bäckchen Fäffer ein.
«Jetz räch' ich de Entfiehrung!»
Dr Geenich heilt vor Riehrung.

Un driem erhebt sich bald ä Grach,
Dr Jingling drischt im Zorne
Dn Reiwer zweemal iwersch Dach
Von hinten un von vorne.
Dann feiftr uff zwee Fingern laut.
De Schwäster heerts, un wiese'n schaut,
Da ruft se ausn Fänster:
«Verhau nur alln de Wänster!»

Dr Bruder bocht noch zwanzich galt,
Dann wäschtr sich de Hände
Un meent: «Fier heite mach ich Halt,
Dr Gamf is nu zu Ände.»
Dann leeftr nachn Gäfig hin,
Wo seine hibbsche Schwäster drin,
Die freit sich ungeheier
Un flistert: «Mei Befreier!»

Un eens, zwee, drei geht's nu zurick
Ber Gondel hin bein Vader.
De Leite schrei'n: «Nee, so ä Glick!
Dn Feind besiechen dadr.»
Dr Geenich sätzt zwee Brilln sich uff
Un glotzt verglärt de Brandung nuff.
Nu gannr ruhig schtärm,
De Ginder dun ja ärm.

De Graniche des Ibigus

Härr Ibigus war ä Soliste
Vom Männergore «Bläkegut».
Sei Ruhm drang bis zur färnsten Giste,
's war ähmd ä ächtes Ginstlerblut.
De Mädchen aus Adehn un Schbarda,
Die schwärmten heeß fier sein Denor,
Un jede Emma, jede Marda
Ihr gleenes Härze an verlor.

Nu zog mal an ä Sommermorchen
Dr Gädderliebling nach Gorind
Bein Sängerwättgamf. Ohne Sorchen,
Daß sich ä Gonggurände find',
So schtrolchtr friedlich dorchs Gelände
Un feift drzu dn «Bilchergor».
Da brilln zwee Gärle: «Hoch de Hände!»
Un haltn ä Revolver vor.

Hieruff dorchwiehln se seine Daschen
Mit gierchen Fingern bis zum Grund.
Doch gennse nich ä Fänk erhaschen:
's hat sälwer nischt där arme Hund.
Das bringt in grimmche Wut de Schtrolche.
Un, auszudoben ihrn Verdruß,
Da giegsen se mit schbitzem Dolche
Ins Härze nein Härrn Ibigus.

Där ruft noch: «Iberfallgommando!»
Doch gommd gee Schutzmann dorch dn Wald.
Dann brilltr laut uff Esberando,
Daß schauerlich äs Echo hallt:

«Ihr Viechter ohm im Wolkenreiche
Sollt rächen diesen Meichelmord!»
Un gräßlich feixt noch mal de Leiche.
De Märder sausen zitternd fort.

Wie nu gefunden war dr Dode,
Da baggte Wut gans Griechenland,
Un Rache schwor so manche Fode,
Doch geener de Verbrächer fand.
«Wär weeß dänn, ob nich im Deader
Gans fräch de Märder sin mit drin?»
So schbrach 'ne Dochter zu ihrn Vader.
Där meente: «Freilich, 's gann schon sin.»

Dann gink dr Vorhang hoch un schtille
Ward's Gwatschen ausn Bubligum.
Ä jeder sahk dorch seine Brille
Nuff nach dr Biehne ärnst un schtumm.
Dort laatschten riesenhafte Weiber
Von links nach rächts un dann reddur,
In Schwarz gehillt warn ihre Leiber,
Un schwarz war ooch dr Bombadur.

Die bläkten färchterliche Lieder
Von Rache un von Bollezei.
Sälbst de verschtocktesten Gemieder
Die wurden windelweech drbei.
Dann zogen ab se dorch de Mitte,
Un jeder dachte in sich drin:
«Jetz nähm ich's ärnster mit dr Sitte,
Sonst muß'ch bei de Erinnchen hin.»

Uff eenmal rief vom Dobbe nieder
'ne Schtimme: «Gugge, Julius,

Da gomm die bleeden Viechter wieder:
De Graniche des Ibigus.»
Zum Glicke saß im ärschten Range
Ä sähr begannter Schtaatsanwalt.
Där nahm sofort ne große Schtange
Un bochte beede Märder galt.

De Griechen warn sähr einverschtanden
Mit so 'ner resoluten Dat,
Un alle mitänander fanden:
«Das is ä dichtcher Advogat!» –
De Gran'che awer floochen weiter,
Denn 's gab ja nischt mähr zu erglärn.
Un eener schbrach zum andern heiter:
«Jaja, mei Sohn, wenn *mir* nich wärn!»

Wie Gaiser Garl Schulvisidadion hielt

Dr Gaiser Garl, där fuhr ämal in seiner Limusine
Vors Schulhaus, un dort schtieg'r aus mit änner ärnsten
Miene.
Dr Lährer gricht ä forchtbarn Schräck un wurde weiß wie
Greide,
Als Garle schbrach: «Wohlan, ich will de Ginder briefen
heide!

Schon lange habb'ch mersch vorgenomm. Es liecht mr
sähr am Härzen,
Daß nich so dämlich sich ins Lähm de Jugend dud naus-
schtärzen.
Nu solln se zeichen jetz, wie weit gebracht se dr Magister
Un ob se was im Gobbe ham un nich bloß im Dornister.»

Dr Lährer, där verbeichte sich bis nunder uff de Ärde,
Dann fiehrtr'n Gaiser nein in Saal bei seine Ginderhärde.
Dort schtällte sich de Majestät berseenlich vorsch Gadeder
Un fragte dies und fragte das bei Maxe, Baul und Beder.

Zwee Schtunden daden so vergehn. Dr Lährer schwitzte
sähre
Un schielte aus dr Äcke raus voll Angst uff die Affäre.
Denn Gaiser Garl als Gondrollär, das war weeßgodd gee
Guder,
Un färchterlich blamierte sich so manches dumme Luder.

Zum Beischbiel dad dr gleene Horscht ganz gwietschver-
gniecht behaubten,
Daß eenst de Ginder Israel de säk'schen Brinzen raubten.

Un Baron Gonrad blieb drbei, daß fimf un siem is dreizen.
Nu sowas soll nu nich dn Zorn von ä Monarchen reizen!

Zum Schlusse schbrach dr Gaiser: «Jetz sortier'ch eich in zwee Deile,
Un wär zu meiner Linken gommt, griecht nacherds dichtche Geile!»
Da schtand bedäbbert mancher Sohn von Freihärrn un von Grafen,
De meerschten ausn Adel sich gemiedlich da driem drafen.

Un Garle meente: «Brotzt nur nich mit eiern Milchgesichtchen!
Dragt eiern Galbsgobb nich so hoch, dänn freie Bahn däm Dichtchen!»
Zur Rächten awer gonnt mr sähn viel gleene Heislersehnchen,
Die dief beschämten manchen Schbroß von so ä Reichsbareenchen.

Un freindlich sagte Gaiser Garl nach rächts hin: «Liewe Ginder,
Habt ihr ooch schbäckche Hosen an und dragt nich seidne Binder,
Was dn Verschtand dud anbelang, da gennt'r giehn eich mässen
Mit all dän noblen Gärlchen dort in Samt un goldnen Drässen!»

Wie Gaiser Garl Schulvisidadion hielt

Dr Zauwerlährling

Heite bin ich mal alleene
Un dr Meester iwer Land.
Ei härrjehses, das wärd scheene:
Jetz dud zauwern *meine* Hand!
Nun gomm här, du alder Bäsen,
Riehr' dich flink un socke los!
Ich bin ooch ä heeres Wäsen,
Nich etwa dr Meester bloß.

Gugge doch, schon dudr flitzen
Wie ä Wiesel hin un här!
Freilich, där gann ooch mal schwitzen,
Ich habb's grade reichlich schwär.
Da, schon bringtr Uffwaschwasser!
So is hibbsch, mei braves Dier.
Wänn dr Meester wißte, daßr
Hat 'ne Gonggurränz in mir!

Na, nu is genug, mei Liewer,
Häre jetz mal wieder uff!
Sonst leeft noch de Wanne iwer.
Hierbleim sollste, horch doch druff!
Nee, da saust das dumme Luder
Nochmal mit'n Ämmer* los!
Hehnisch ooch noch feixen dudr
Um sei Holzmaul riesengroß.

Himmel, ich hab's Wort vergässen,
Wie dän Gärl mr bänd'chen muß!
Un schon säbbelt wie besässen

* Eimer

Där uffs neie hin zum Fluß.
Ach du griene Neine, 's Wasser
Schteht ä Meder hoch im Haus!
Immer feichter wärds un nasser.
('s Bäste is, ich zieh mich aus.)

Hah, jezt weeß ich's, was ich mache:
Mitn Beile hack' ich zu,
Gommtr wieder, där Abache,
So verschaff'ch mr meine Ruh'.
Goddverbibbch, jetz habb'ch geschbalten
Glicklich dän Verflixten, doch
Dafier habb'ch nu *zwee* erhalten
Un die matschen immer noch!

Meester, Meester, gomm doch wieder!
Ach mei liewer guder Härr!
Die zwee glabbs'chen Bäsenbrieder
Iwerschwämm' ja schon 's Bardärr'.
Niemals will ich wieder sind'chen,
Gomm, mei Schäff, un schbrich das Wort!
Ach, ich fiehl's: er wärd mir gind'chen
Un zum ärschten muß ich fort.

De Glogge

Los, Gesälln, 's hat siem geschlagen!
Schäärt eich an de Arbeet ran!
Zwälfmal mußmrsch eich ärscht sagen
Un dann fangtr noch nich an.
Unsereener mährt vorm Ofen
Schon 'ne Värtelschtunde rum,
Eich nadierlich is vom Schwoofen
Gästern noch dr Nischel dumm.

Also, was ich sagen wollte,
Gocht jetz ärscht mal Gupferbrei.
Un wänns rächt scheen gwaggern sollte,
Schläbbtr schnäll äs Zinn herbei.
Wänn hernach de Blasen hubben –
Daßr mir das nich verbaßt –
Mißtr 's Aschensalz neinschubben,
Doch hibbscht lanksam, nich mit Hast.

Un iwerhaubt därft ihr nich immer
So ohne, daßr eich was dänkt,
De Arbeet muddeln, ohne Schimmer,
Wie alles scheen zusammenhänkt.
Drum will'ch eich jetz 'ne Rede halten
Von so 'ner Glogge diefern Sinn.
Un wie se 's Mänschenlähm verwalten
Dud bis ans Schtärwebätte hin.

Dänn schon als gleene Wiggelginder
Begrießte uns dr Glogge Don,
Wie unsre Väder im Zylinder
Zur Daufe brachten schtolz ihrn Sohn.

Ja ja, de Jahre die verfliechen!
Dr Junge wächst wie Schbarchel hoch,
Schon mußr lange Hosen griechen,
Un de Gefiehle wachsen ooch.
Denn blätzlich mit ganz andern Oochen
Besieht'r sich de Mädchenschar
Un fiehlt sich forchtbar hingezochen
Bei änne Maid so wunderbar.
Ärscht laatschtr hinterhär von weiten,
Dann faßtr sich ä Härz un fleht:
«Ach, Freilein, därf ich Sie begleiten?»
Das is dr Liewe Friehlinkszeet.

Gewehnlich dauerts bloß 'ne Weile,
Dann drängelt so ä Mädchen sähr,
Si will geheirat' sin mit Eile,
Weil sonst äwas schenierlich wär.
Nu ja, was will mr weiter machen?
Mr schärbelt nachn Schtandesamt.
(Das sin ähmd solche heikle Sachen,
De meerschten wärn drzu verdammt.)

Na, nu wolln mr awer wieder
Ooch mal bei de Glogge sähn!
Ihr nadierlich, faule Brieder,
Dud von sälwer nich neinschbähn.
Säddrsch: beinah iwern Gwasseln
Hättmrn Guß verbaßt, härrjeh!
So, nu laßt de Briehe brasseln
In de Hänkelform zur Heh'.

Wänn mr bedänkt, was so ä Feier,
Wärds nich gebändigt, schaden gann!

De Wärkung is gans ungeheier,
Un noch mit Schaudern dänk ich dran,
Wie's bei dr Großemudder brannte,
Wo ich als Gind war uffn Lande:
Wild sauste alles durchenander
Wie angeschtochen hin un här.
Un Seiferts Baule, ä Verwandter,
Där schrie, als wänn'r wahnsinnich wär.
De Fraun, dodal verdreht un bleede,
Gam jede mit was angerannt.
Ich säh's noch heite: Bäzolds Grete
Hielt fäst ihrn Nachtdobb in dr Hand.
Un niemals nich wär ich's vergässen,
Wie bei däm forchtbarn Feierschein
De gansen Hämmel wie besässen
Rasaunten in de Flamme nein.

So, jetz nähmt ärscht mal de Hämmer
Un zerhaut gabutt de Form.
Gustav, fliech nich iwern Ämmer* !
(Was där Gärl deest, is enorm.)
Na, nu bocht nur, fäste, fäste,
Bis dr Mantel ändlich schbringt!
Immer gommt zulätzt äs Bäste,
Hoffmr, daß es scheen gelingt.

Das is nu ooch symbolisch wieder,
Wie unsereener mit Bedacht
De Form dud schbräng. Ja ja, ihr Brieder:
Bloß mit Gewalt wärd nischt gemacht.
Ihr seid noch jung un darum meentr,

* Eimer

Daß Ibermut de Wält uffschteht,
Doch wännr älder wärd, dann sehntr
Eich schtill nach dr Gemiedlichgeet.

Nee, jetz gennt ich heiln vor Freide:
Wie de Glogge lieblich guggt!
Bis dief nein ins Eingeweide
Mich so ä Momänt durchzuggt.
Zärrt nu aus dr Gruft am Schtrange
De Gonggordja gräftig nuff!
Meech se bammeln lange, lange . . .
Un fier heite heern mr uff.

Säk'sche Gunde

Wie Gaiser Rodbard mit sein Häär
Dorchs Därkenland zog greiz un quär,
Da gam se mal in ä Revier,
Wo's weder Gaffee gab noch Bier.

Un noch ä Schtickchen weiter hin,
Da dad nich mal mähr Wasser sin.
«Na, nu wärd ja de Sache heider»,
Schbrach zu sein Färd ä jeder Reider.

Wie Fliechen grochen hin de Häbben*
Un gonnten gaum ihrn Mann noch schläbben.
Besondersch war ä Färd aus Sachsen
Däm Dorschtmaneever nich gewachsen.

Drum bliebs zurück un machte schlabb.
Dr säk'sche Reider hubbte ab
Un wurde dadorch weit geträannt
Von Gaiser Rodbards Regimänt.

Da blätzlich schbränkte von dr Seide
Uff beede zu 'ne Därkenmeide.
Die schwang de Säbel schief un grumm
Un brillte: «Hah, dän bringn mr um!»

Dr säk'sche Gämbe meente friedlich:
«Nur nich so schtärmisch, hibbsch gemiedlich!
Macht bloß nich so ä Mordsgetue,
Mir Sachsen gämfen mit dr Ruhe.»

* Pferde

Doch wie där eene gar zu sähre
Dn Sachsen giegste mit'n Schbääre,
Da hat där eenfach rausgezärrt
Sei färchterliches Großgamfschwärt.

Un eh dr Därke das gabbiert,
Da warer ooch schon hibbsch halbiert.
De andern flohn mit wildem Schräck
Un war'n in zwee Segunden wäg.

Däm Gamfe guggte zu mit Wonne
Von färne änne Dränggolonne*.
Durch die erfuhrsch dr Gaiser dann,
Was unser Sachse fier ä Mann.

Druff ließ Härr Rodbard vor sich laden
Dän mudchen Därkenschbaltsoldaten
Un hängtn uff sein Bauch ä Schtärn,
Wie das de Landser ähmd ham gärn.

Dann schbrach dr Gaiser: «So, mei Sohn,
Da baumelt dei verdienter Lohn.
Nu mußte awer mir verraden:
Wo lärnt mr solche Häldendaden?»

Dr Sachse feixte ärscht mal grindlich:
«Bei uns drhèeme gibbts das schtindlich,
Mir nänns im Lande weit un breet
De säksische Gemiedlichgeet.»

* Train-Kolonnen

Dr Schatzgräwer

Gustav war ä armer Schlucker,
Arbeetslos (gelärnter Drucker),
Mitm lieben Gott im Zweifel,
Drum verschriebr sich dm Deifel.

Schnitt sich dief ins linke Been,
Malt' mit Blut dann uff ä Schteen:
«Meine Seele gäb ich dir,
Hilfste zu ä Schatze mir.»

In dr nächsten Nacht sodann
Fingr flott zu schaufeln an,
Schmiß de Ärdscholln ruff un runder,
Daß dr Schweeß wie doll lief nunder.

Zog de Hosen aus, de Jacke.
Blätzlich hautr mit dr Hacke
Uff was Fästes drin im Boden
Un zärrts raus mit gierchen Foden.

Doch was warsch? 'ne riesengroße
Zähn-Fund-Brima-Rollmobbsdose.
Gustav schimfte gans gemeene
Un grub weiter Dräck un Schteene.

Wieder nach 'ner Värtelschtunde
Schtießr an was uffn Grunde,
Zogs ämbor mit gräftchem Satze –
Un da warsch 'ne dode Gatze.

Mittlerweile wurde's hälle.
Schnell verbaddeltr de Schtälle,

Bisr in dr nächsten Nacht
Sich uffs neie drangemacht.

Wieder faggtr Scholl' uff Scholle,
Gommt in Schweeß un in de Wolle.
Da brillt «Hände hoch!» 'ne Schtimme.
Ach, de Sibo naht im Grimme.

Un dr Fiehrer von dr Schtreife
Meent: «Wie gut, daß ich dich greife!
Sicher haste een ermord',
Dän de jetz vergram dust dort.»

Gustav nahmn se beim Schlaffiddchen
Un befärderten ins Giddchen.
Nach zwee Dagen wurde's glar,
Daßr doch gee Märder war.

Wieder liefr in dr Nacht
An sein uffgewiehlten Schacht.
Da lag malerisch im Moose
Änne hibbsche Arbeetslose.

«Gustav», rief se, «du mei Schwarm,
Gomm' bei mich, da isses warm!»
Sälich hieltsen dann umwunden
Un so hatrn Schatz gefunden.

De Deilung dr Ärde

Dr alde Zeis* saß uff sein Drohn
Ohm in dr Himmelsregion
Un schbrach zur Mänschheet: «Jetz greift zu!
De Ärde, die geheert eich nu.»

Da hattens alle forchtbar eilig,
De meerschten rafften gans abscheilich,
Un bei där großen Deilerei
Gab's manche saftche Geilerei.

Besondersch lagen sich in Haarn
De Junker gleich in gansen Scharn.
Die nahm sich fräch ang gro de Fälder,
Drzu noch Wiesen, Seen un Wälder.

Doch ooch de Goofhärrn daden giehn
Sich unscheniert rächt scheen bedien.
Se schläbbten reiche Beitelasten
Un schtobbten voll sich alle Gasten.

Wie uffgedeelt dr ganse Gram,
Gemiedlich angeschländert gam
Dr Dichter, där im Mondschein schwärmte,
Dieweil äs Gor dr andern lärmte.

«Nu, Zeis», so riefr schwär gekränkt,
«Jetz haste deine Wält verschänkt
Un mir – ich gann dich drum nich loom –
Ooch nich ä Schniezchen uffgehoom!»

* Zeus, nicht Zeiß in Jena

Dr Gäddervader dad verlächen
Sein Schädel hin un här bewächen
Un meente druff: «De Wält is futsch,
Doch schimfe nich un mach geen Butsch:

Ich will dr'n Himmel räserwiern.
Un jederzeit beim Fabuliern
Da gommste frehlich bei mich hin.
Nu wärschte wohl zufrieden sin.»

Dr Sänger

«Wär singt dänn da so wunderscheen,
Daß een äs Härze dud uffgehn?»
Dr Geenich fragtes un befahl:
«Mr bring dän Gärl bei mich in Saal!»

Dr Sänger, där verneichte sich
Un blickte sich un beichte sich,
Dann schtimmtr änne Arie an
Un hing zum Schluß ä Driller dran.

Dr ganse Hof war dief geriehrt
Un hat wie bleedsinnch abblaudiert.
Dr Geenich schbrach: «Heh, Sänger du,
Jetz gib noch was rächt Schmalzches zu!»

Druff sang där Mann ä Wiechenlied,
Daß färmlich's een ins Bädd neinzieht.
Beim lätzten Worte «Guddenacht»
Hatr de Oochen zugemacht.

«Nee», rief dr Geenich, «war das scheen!
Hier haste ooch ä Edelschteen.»
Un huldvoll zärrtr von dr Hand
Sich ä sähr gostbarn Diamant.

«Das liecht mr färne», schbrach där Mann,
«Daß ich nähm ä Brillanten an.
De Sibo gäm bald nachgesaust
Un dächte, dän hab ich gemaust.»

«Wie gut geschbrochen», rief dr Färscht,
«Uff andre Art geährt de wärscht:

Hier, nimm mein Schlibbs aus Seidenband,
Ich wärch dr'n um mit eechner Hand.»

«Behalt dein Schlibbs, behalt dein Ring!
Ich du wie so ä Vochel sing'
Umsonst un gradis jederzeit,
Mei Lohn is, wänn's de Mänschen freit.
Doch willste mir durchaus was gähm –
Ä Däbbchen Gaffee, das däd'ch nähm!»

David un Goliad

Als längster Schlottch im ganzen Land
War Riese Goliad begannt.
Där Lulatsch maß zwälf Medr fimfe,
Un das noch ohne Schuh un Schdrimfe.

Nadierlich war ooch seine Glabbe
In ihrn Formade nich von Babbe,
Un an sein Schnurbart – dad mr munkeln
Da gonnten sich acht Männer schunkeln.

Alldäglich macht'r Mordsgragehl
Un hehnte äs Volk Israel.
Fräch dehnt'r de Gigandenglieder
Un bläkte: «Gommd un boxt mich nieder!»

De Ginder Israel in Ruh',
Die guggten ärscht 'ne Weile zu,
Bis dad dr gleene David sagen:
«Nu wenn schon, heide du ich's wagen!»

Druff feixte Goliad barbarisch.
Doch David goofte andigwarisch
Sich 'ne zurickgesätzte Schleider
Un laatschte dann bein Riesen heider.

«Hah», brillte där, «du gägger Gnabe,
Was gloobste, wieviel Graft ich habe!
Du winzcher Borbs willst mich besiechen?
Vor Lachen gennt'ch zwee Äste griechen.»

Druff flätscht'r seine Vorderzähne
Un schittelt färchterlich de Mähne.

«Gomm här du Gäsegeilchen du,
De wärscht bearbeet' zu Ragout.

Zum Friehschtick dich ins Lager schlebb' ich!»
Dr gleene David meente: «Nebbich!»
Un schmiß gemiedlich mit ä Schtein
Härrn Goliad de Bärne ein.

Da fiel zu Boden wie ä Glotz
Där egelhafte Riesenbrotz. – – –
Ä jeder nähm' die Lähre sich:
Verachtet mir de Gleenen nich!

David un Goliad

Dr Bostillion

Gleene Wälkchen, silbrichweiß,
Baumelten am Himmel,
Un dr Mond, rund wie ä Greis,
Schtak in däm Gewimmel.

Uff dr Ärde bliehten scheen
Bliemchen, Boom un Bische,
Liewesbäärchen sahk mr schtehn
Schtumm in jeder Nische.

Eens, das geene Nische fand,
Weil besätzt se alle,
Mitten uffn Wäge schtand.
Da gommt mit Grawalle

Bletzlich änne Gutsche an,
Die sitzt voller Leite.
Laß dir raten, junger Mann:
Zärr de Braut beiseite!

Bostillion mit Beitschengnall
Warnt die beeden Sinder,
Awer doob* fier jeden Schall
Bleim de Amorschginder.

Schmunzelnd schtobbt dr Bostillion
Jetz sich änne Feife.
In dr Gutsche riehrt sich schon
Schimfen un Gegeife.

* taub

«Gutscher, heh, was is dänn los?
Warum hält dr Wagen?»
«Änne gleene Banne bloß,
's hat nich viel zu sagen.»

Seitwärts in de Bische dann
De Verliebten schleichen,
Un dr brave Gutscherschmann
Gibt sein Färd ä Zeichen.

Wie dr Wind schtiebt das jetz los,
Daß de Bassaschiere
Falln sich alle uff dn Schoß,
Fraun un Gavaliere.

Feixend heert dr Bostillion
Grietschen manche Scheene,
Beitschengnall un Bosthorndon
Mischt sich in die Deene.

So 'ne richtche Maiennacht,
Wo dr Mondschein lachte,
Hat schon manches fertchgebracht,
Woran geener dachte . . .

Dr Albenjächer

«Gomm, mei Gind, un hiete's Lämmchen!
Gomm, ich schmier dr ooch ä Bämmchen!
So ä gleenes gudes Schaf
Is doch hibbsch un folcht scheen brav.»
  «Nee, ach Mudder, so ä Dier
  Macht geen Feez un gee Bläsier.»

«Awer Garlchen, liewer Sohn,
Freit dich nich dr Gläggchendon,
Wänn so frehlich grast de Härde?»
  «Mudder, mach doch geene Mährde!
  So ä Lähm, das baßt mr nich,
  Nach dn Bärchen leiert's mich.»

«Garlchen, willste nich's Gemiese
Bau'n im Fäld un uff dr Wiese?
Riesengärbse* gannste zichten,
Sin dänn das nich scheene Flichten?»
  «Gärbse, Mudder, mag ich nich,
  Landarbeet vertrag' ich nich.»

Un dr Junge nimmt sein Bogen,
Ruft «Adjeh» un saust verwogen
Bei de Gämsen ins Gebärche
Un beginnt ä Jagdgewärche,
Daß äs Viehzeich angsterfüllt
Dorch de ganse Geechend brillt.

Eens schrie färchterlich. Ich gloobe,
's war 'ne junge Andilobe.

* Riesenkürbisse

Schon drieb Garl se in de Änge.
Blätzlich grichtr dichtche Sänge
  Von dm Bärchgeist, där im Groll
  Garlchen draasch de Hugge voll.

«Mach dich nunter!» schrie dr Alte,
Daß es dorch de Glifte schallte.
Un mei Garlchen dad erschrocken
In sei Därfchen abwärts socken.
  Doch zur Mudder meentr bloß:
  «Ach, da ohm is *ooch* nischt los!»

Dr Daucher

«Wär hat de Gurasche un hubbt mal ins Määr?»
So fragt, als wänn das bloß ä Ginderschbiel wär',
Dr Geenich sein Ridderschaftshaufen.
«Ich fagge ä echtgoldnes Däbbchen jetz nunder,
Un wär mir das widderbringt frehlich un munder,
Där därf ooch sei Lähm lang draus saufen.»

Gladdsch, burzelt äs Däbbchen mit Schwung in de See.
De Ridder un Gnabben, se flistern: «Härrjeh!
Dr Landeshärr is wohl meschugge?»
«Nu los», brillt dr Geenich, «jetz zeicht eiern Mut!
Was glotzt'r denn alle so nein in de Flut
Un säht aus wie Braunbier un Schbugge?»

Doch geener, nich eener risgiert so ä Schbrung.
«Da sieht mersch, da hat mer de dabferen Jung!»
So hetzt schone widder dr Geenich.
«Da bläkt'r bloß egal ‹Hoch! Hoch!› un ‹Hurra!›
Un wänn's mal druff angommt, dann is geener da.
Ja, feixe nur, Emil, dich meen' ich!»

Uff eemal, da riehrt sich äwas ausn Gor.
Un gugge nur, gwietschvergniecht dänzelt hervor
Ä bildhibbscher, bludjunger Gnabbe.
«Bis ruhig, mei Geenich, ich hole dei Däbbchen!
Ärscht dann siehste widder mei blondlockches Gäbbchen,
Wenn ich das versunkne Ding habbe.»

Druff laatschtr ans Ufer un faggt sich ins Määr.
De Wogen, die schtärzen sich gleich iwern här
Un dr Wärbel, där dreht'n dief nunder.

Das is ä Gewärche un is ä Gezische!
Fimf Meter hoch schmeißts ausn Wasser de Fische.
An dn Geenich sein Gobb saust 'ne Flunder.

«Dän sähn mr nich widder; där gommt nich reddur»,
Meent draurich ä Ridder un guggt nach dr Uhr.
Ä jeder denkt schtill in sein Härzen:
Un wänn dr Monarch schmiß sei Zepter ins Määr
Un extra dn Reichsabbel noch hinterhär,
Ich däde mich doch nich neinschtärzen.

Druff schunkelt un bubbert uffs neie de See,
Un aus däm Schlamassel bläkt eener: «Juchhe!»
Nee sowas, wär das wohl gedacht hat:
Dr Jingling gommt gaggfidel angeschwomm,
Als hät'r 'ne Rickfahrgarte genomm,
Bevor 'r sein Hechtschbrung gemacht hat.

Hoch schwingt'r äs Däbbchen im goldichen Glanz,
Drzu singt'r ‹Heil dir im Siechergranz›
Un feixt iwersch ganze Gesichte.
Dann grabbelt'r sich bei sein Landeshärrn.
Där dud'n vor Riehrung ans Härze zärrn
Un meent druff zu Ruth, seiner Nichte:

«Nu fille mit Gaffee äs Däbbchen, mei Gind!
Dr Gnabbe wärd Dorscht ham, drum mache geschwind!»
Un lieblich gredenzt druff de Lorke
Das schnärbliche Freilin däm mudichen Mann.
Där guggt se drbei so rächt sehnsichtig an
Un flistert: «Dei Gaffee is knorke.»

Doch jetz schbricht dr Gnabbe zum Geenich: «Monarch,
De gannst mersch schon gloom: uffn Grunde war's arch!

Was meenste denn, was da fier Asseln
Von forchtbarer Länge dorch's Määrwasser ziehn.
Ä gräßlicher Beekling, groß wie ä Delphin,
Dad wild mit sein Schwanz mich umrasseln.

S'is scheißlich, was alles da unten rumschtrolcht!
Mal hat mich ä grimmicher Rollmobbs verfolcht,
Ich dachte, das wäre mei Ende.
Zum Glicke gam grade ä Gabeljau an,
Där schbießte sich dief an das Rollmobbsholz dran.
Uff die Art entwischt' ich behende.

Doch's Greilichste war änne Gwalle mit Grall'n.
Die hockte verschteckt hinter roten Goralln
Un flätschte nach mir ihre Zähne.
Die heimdicksche Määreshyäne.
Dann hubbte se vor un erwischte mei Been.
Se wollte's am liebsten doddal mir verdrehn,

Un blätzlich, da baggt mich dr Schtrudel uffs neie.
Gaum daß mr bis viere gann zähln oder dreie,
Gehts ruffwärts mit schwindlichem Gäbbchen.
Un wie ich so wärble, da wärbelt was mit.
Was isses, was danzt da vor mir gnabb zwee Schritt?
Heirega*: äs goldene Däbbchen!

Schnäll grabbsche ich zu un erwisches zum Glick.
Das war in däm Rummel gee eenfaches Schtick.
Un fest hielt ich's drin in mein Foten.
Doch mecht ich – o Geenich – gee zweetes Mal
Danunter mich haun in das Matschlogal,
Wo mich so viel Viechter bedrohten.»

* Heureka

«So so», meent dr Färscht druff mit lauernden Oochen
Un faggt druff sein Schlibbs in de gorchelnden Wogen.
Dann schbrichtr rächt sieße: «Nu mache
Un dauche noch eenmal so mudich da nein!
De därfst ooch härnachens de Jungfrau dir frein,
Was de Ruth is. Mei Sohn, das wärd Sache!»

Dr Jingling wärd rot un de Nichte wärd blaß.
Un wubbdich, hubbt nochmals ins schunkelnde Naß
Dr Gnabbe. – Wie bäbten de Leite!
Doch diesmal blieb ohne Erfolche sei Schbrung.
Dän Schlibbs hatte nämlich ä Häring verschlung'.
Dr Jingling, där sucht'n noch heite . . .

Harras, dr gihne Schbringer

Mal war im Aerzgebärche drin
Gleich frieh ä wiestes Gambeln.
De Ridder schbrängten här un hin,
De Rässer daten drambeln.
Bis schließlich von dr gleenern Schar
Bloß noch Härr Harras ibrich war.

Där ward nu wild vom Feind bedrängt
Mit Hurra un Gebrille.
Schon hattense'n fast eingeängt,
Sei Färd schtand ängstlich schtille.
Da drat's dr Ridder mitn Schborn,
Un heisa gings dorch Busch un Dorn

Se flitzten wie dr Deifel los
An Dann' vorbei un Fichten.
Härr Harras rief: «So is famos!»
Da dat dr Wald sich lichten.
Nu schtandense mit eenem Mal
Am Fälsenrand vom Zschobaudal.

De Feinde johlten schon ganz nah:
«Jetz hammern gleich, dän Gunden!
Dort schtehtr mit sein Schimmel da,
Als wärnse fästgebunden.»
Dr Ridder hadde nu de Wahl:
Ergäb'ch mich oder hubb'ch ins Dal?

«Ach was», so riefr, «Färd, baß uff!
Jetz mach mr unser Sätzchen!»
Un wärklich horcht dr Schimmel druff,

Schbringt ab vom fästen Blätzchen.
Härr Harras blumbst in Zschobaufluß
Un schwimmt drvon mit Hochgenuß.

De Feinde sin ohm angegomm
Un glotzen ziemlich bleede.
«Där Gärl is futsch, is fortgeschwomm!
Schluß mach mr mit dr Fehde.»
Se sahn ganz richtch de Laache ein:
Nich jeder Mänsch hat solches Schwein.

De Heinzelmännchen

In Gälln am Rhein warsch frieher scheen.
De Heinzelmännchen, flink un gleen,
Die huschten dorch de Heiser sacht,
Un frieh warsch Daachwärk schon vollbracht.

De Borbse hielten 's Zeich inschtand,
's war wärklich manchmal allerhand.
Beim Bägger bugense äs Brod
Un bochten ooch de Schwahm mit dod.

Beim Fleeschermeester hammse oft
Ganz heemlich un ganz unverhofft
'ne schwäre fädde Sau zerglobbt
Un gleich de Wärschte vollgeschtobbt.

Dr Schuster gonnte ooch sich frein
Un schlief bis in dn Daach dief nein,
Denn alle Laatschen, gleen un groß,
Warn frieh besohlt ganz dadellos.

Dasselbe galt vom Schneiderschmann.
Där fing gleich gar keen Rock mähr an.
De winzche Schar hat iber Nacht
So manchen Anzuuch färtchgebracht.

Doch ach, de Frau vom Meester Zwärn,
Die wolltse iberraschen gärn.
Se schtreite drum im ganzen Haus
Zwee Gilo gälbe Ärbsen aus.

De Heizelmännchen glatschten hin
Un schimpften: «Was muß denn das sin?

Hier schtaucht mr sich ja's Rickgrat grumm!
Da gehrn mr liewer wieder um.»

Un wiese das nu wollten dun,
Gams's Schneiderweib uff leisen Schuhn.
Se gnibbste 's Licht an – doch, o Schrägg,
Schon war de ganze Bande wägg.

«Mir gomm im Lähm nich wieder här,
Arbeet' nur sälwer hart un schwär!»
So riefense, von Zorn geschwällt,
Un grochen in de Unterwält.

Un wärklich warsch von Schtund an aus
Mit aller Hilfe, Haus fier Haus.
Wer frieh erwachte, fand sein Gram
Noch so, wie ahmds 'r Abschied nahm.

De Mänschen warn nich sähr entzickt,
Daß sich de Gleen' nu fortgedrickt.
Doch fraacht' mrsch Schneiderweib: Warum?
Dann schtellte die sich ooch noch dumm.

Dr alde Barbarossa

Dief im underärdschen Schlosse,
Wo de Maus is sei Genosse,
Sitzt dr alde Gaiser schtumm,
Un sei Bart, där wächst wie dumm.

Hängtn iber beede Haxen,
Is schon dorchn Disch gewachsen.
Hin un wieder, dann un wann
Zubbtn änne Radde dran.

Doch das schteert dn Alden nimmer.
Schlafen, schlafen dut där immer.
I nu ja, warum ooch nich?
Machst's ganz richtch so, Friederich!

Schtäts, wenn hundert Jahr voriewer,
Ruft dr Gaiser: «Heh, mei liewer
Gleener Gnabbe! Guck mal hin,
Ob de Rahm noch haußen sin!»

«Allerdinks», meent dann dr Junge,
«'s Viehzeich is noch flodd im Schwunge.
Grad im Oochenblick jetz ähm
Dunse um dn Bärch rumschwähm.»

«Nu da meechense nur fladdern,
Die verflixten Grächzgevaddern»,
Feixt dr alde Gaiser heider
Un schnarcht hundert Jahre weider.

Wäächen mir. Ich du'n nich schtäärn.
Doch där Bart – das gann was wärn!

De Fräsche

Ä Froschdeich, där war zugefrorn.
De Fräsche hoggten draumverlorn
Ganz schtill un schtumm im Schlamme drin
Un deesten drahnich vor sich hin.

Bis schließlich eener schbraach: «Heert druff:
Daut unser Eis zum Frijahr uff,
Dann sing mir wie de Nachdigalln,
Denn 's Gwaaken hat mr nie gefalln.»

«Jawoll», so fieln de andern ein,
«Mir grinden ä Gesangverein.
Da solln de Mänschen awer schbann,
Was so ä Frosch nich alles gann.»

Doch wie dr scheene Frihlink gam
Un lind vom Deich de Däcke nahm,
Da wards dän armen Fräschen glar,
Daß ähmd ihr Los äs Gwaaken war.

Se gahm sich färchterliche Mieh'.
Vor Anschtrengunk zerblatzt' manch Vieh.
De Schgala schriense ruff un runter –
Doch ä Garuso war nich drunter.

Frau Hidd

De Hidden war ä schtolzes Weib,
Bildhibsch, doch hart wie Schteene.
In Samt un Seide schtak ihr Leib
Bis nunter an de Beene.

Mal riddse uff ihrn Färde los,
Hobbhobb wie änne Wilde,
Se schbrängte iber Gras un Moos,
Zerdrambelte 's Gefilde.

Am Wääche saß 'ne Bäddlerin,
Die bat um fuffzich Fänge.
Frau Hidd sahk hehnisch bei se hin
Un rief: «De willst wohl Sänge?

Wo nähm ich denn ä Fuffzcher här?
Bloß Daler habbch im Däschchen.
Drum isses ooch so rund un schwär,
Grad wie ä Gimmelfläschchen.

Doch warte nur, ich geb dr was!»
Druff brach se aus ä Fälsen
Ä Bräckchen ab. «Hier, haste das!
Vor Lachen genntch mich wälsen!»

Da rief de Bäddlerin voll Wut:
«Du schauderhaftes Schticke!
Wär so de Arm' veräbbeln dut,
Däm bricht das sei Genicke.»

Gaum warn de Worte rausgebrillt,
Fing Schturmwind an zu brausen,

Un Blitz un Donner dobten wild,
Wie wenn de Häxen sausen.

De Hidden awer uff ihrn Gaul
Ward in ä Schteen verwandelt.
Weit uffgeschbärrt ihr hartes Maul,
So schtand se da, verschandelt.

De Bäddlerin, die guckte zu
Un machte Winke-Winke.
Dann rief se lachend: «Siste, du,
Was nitzt dr nu de Binke?!»

De Auswandrer

Habbtr eich das ooch iberleecht,
Wasr da anschtellt, Leite?
Damitr dann nich umgährn meecht
Driem uff dr andern Seite.

's is nich so eefach, gloobt mrsch nur,
Sei Ländchen auszudauschen.
Mr will so gärne dann reddur,
Wenn ärscht de Woochen rauschen.

Was hat eich hier bloß nich gebaßt,
Ihr Burschen un ihr Mädel?
Warum nur so 'ne Auszuuchshast?
Dänkt nach in eierm Schädel!

Wie wärn eich driem de Bämmchen fähln
Von deitschen Rochenbrode!
Dann wärdr draurich eich erzähln
Von hies'cher Ard un Mode.

So manche Dräne gullert dann
In eire Maismählsubbe.
Fängt eener von drheeme an,
Gleich flännt de ganze Drubbe.

Noch isses Zeed, noch fährt nich los
Dr Damfer nach dn Schdaaden.
Ich rade eich das eene bloß:
Gehrt um in de Benaden!

Dr gleene Barwier

Mal gam ä rubbcher schtrubbcher Ridder
Rein ins Friseergeschäft von Bidder.

«Rasiern!» so brilltr, «awer sacht,
Sonst schieß'ch dich nieder, dasses gracht!»

Druff leechtr in sein wiesten Sinn
Gleich vor sich 'ne Bistole hin.

Dr Meester Bidder bäbde dichtich
Un schbraach: «'s gennt sin, ich mach's nich richtich.

Drum schick'ch Ihn liewer mein Gesälln,
Där wärd dän Härrn zufriedenschtälln.»

«Mir isses schnubbe, wär da gratzt,
Doch wehe däm, där mich verbatzt!»

So wiederholte wild dr Gunde
Mit hehnisch uffgeschbärrten Munde.

«Entschuldchense», dat jetz voll Zaachen
Dr schloddernde Gesälle saachen,

«Ich bin heit' wacklich in dn Gnien,
Drum wärd dr Lährlink Sie bedien'.»

«Verbibbch, nu fangt mal ändlich an!»
Ruft uffgebracht dr Ridderschmann.

«Ich gomme schon ich bin schon hier!»
Gägg dritt dr Gleene aus dr Dier.

Un ohne Forcht un ohne Bähm
Dutr ans Handwärk sich begähm.

Vollfiehrt gewandt de Brozedur,
's gab von ä Schnittchen geene Schbur.

«Ich muß dich loom», so schbricht dr Gunde,
«De hast rasiert mich ohne Wunde.

Doch saache mal, war dir nich bange,
Daß'ch doch nach dr Bistole lange?»

«Aecha», versetzt dr Gleene fromm,
«De wäärscht gar nicht drzugegomm.

Denn eh' de noch was ausgefiehrt,
Hättch dir de Gähle dorchrasiert.»

Dr Ridder wurde blaß un bleich,
Als fiehltr färmlich schon dän Schtreich.

«Heh, Meester», schbraachr ganz verschichtert,
«Ihr Gleener hat mich sähr ernichtert.

Där dut ä Ridder gladd beschäm'.
Aus däm gann noch was wärn im Lähm.»

Dr Drunk ausm Schtiwwel

In ä alden Riddersaale
Saß vergniecht beim Saufbogale
Änne Männerrunde.
Alle bietschten voller Wonne.
Läär ward manche Rheinweindonne
Schon in eener Schtunde.

«Baßt mal uff», so rief da eener,
«Wädden, unter eich is geener,
Där in eenem Zuuche
Hier dän Laatsch voll Wein gibbt nunter
Un bleibt drotzdäm frisch un munter
Wie beim ärschten Gruuche!»

Alle wurden sähr verlääachen.
Da schrie Ridder Boos verwäächen:
«Reich' dän Schtiwwel riewer!»
Un schon läärtr'n bis zum Grunde.
Ganz verdaddert saß de Runde.
Da rief Boos: «Mei Liewer!

Hättste zu däm Laatsch dn linken,
Dät'ch dän ooch noch frehlich drinken
Läär bis uff de Sohle.
Doch de hast nu mal bloß een.
Bring mr drum zum Abgewehn'
Schnäll 'ne Riesenbowle!»

Dr Drunk ausm Schtiwwel

Leibzcher Schärwelbärch-Schbuk

Am Schärwelbärch zur Geisterschtunde
Wälch ä Gerassel in dr Runde!
Das dobt un schblittert, gracht un glärrt,
Wie wenn dr Deifel Gätten zärrt.

Schon frieh belährte mich mei Vader:
Das sin de Biggsen drin im Grader.
Die gomm, wenn zwälf de Glogge schläächt,
Zum Danze ausn Bärch gefäächt.

Un weh däm Wandrer, där gerade
Voriebersoggt. Um dän is schade.
Där läbt am nächsten Daach nich mähr,
Gabuttgehaun vom Schärwelhäär.

Bruch – bochtn änne Hummerdose
'ne Beile an dn Gobb, 'ne große,
Un änne Därragoddavase
Zerschmeißtn greilich seine Nase.

Um seine Ärme, seine Hände
Da schling sich Wärtschaftsgeechenschtände.
Reibeisen, rostzerfrässne Siebe,
Die wärbeln rum zum Angriffshiebe.

Sogar zerschlissne alde Schärme
Bohrn sich däm Wandrer ins Gedärme.
Drum meidet nachts dän Bärch dr Genner,
Un ringsum schläft gee eenzcher Benner.

De drei Zicheiner

Wie'ch mal uff dr Walze war,
Sahk ich drei Zicheiner,
Braun von Däng un schwarz von Haar,
Eener därb, zwee feiner.

Schtill zufrieden alle drei
Laacherten im Grase.
Eener bließ uff dr Schalmei
Änne Barafrase.

Nummer zwee, där baffte schtumm,
Guggte nachn Rauche,
Drehte sich dann lanksahm um
Un laach uffn Bauche.

Friedlich wie ä gleenes Gind
Schnarchte laut dr dritte.
Ohm im Boome sang dr Wind,
Wie's im Frein ähmd Sitte.

Schließlich dacht'ch so in mein Sinn:
Habbt ganz recht, ihr Brieder.
Un ä Schtickchen weiter hin
Leecht' ich ooch mich nieder.

Ibernachten in Bangsion
Gostet bloß Moneeden.
De Zicheiner wärn mich schon
Nich im Schlafe deeden.

's Mädchen aus dr Främde

Jeden Frihlink gam 'ne Gleene
Mit ä Goffer in ä Dal.
Reizend warsche, hibsche Beene,
Schlank dr Gärber wie ä Aal.

Iberall in Hof un Hidde
Deilte se Baketchen aus.
Mit ä Gnixchen schbraach se: «Bidde,
Nu brobiernse das mal aus.»

Denn in all dän Dietchen drinne
War Verjingunksdee fiersch Blud.
Jeder dachte in sein Sinne:
Wärd gemacht, das Weib is gud.

Un so war de gleene Dame
Gärn gesähn uff Schritt un Tritt
Als 'ne wandelnde Reglame
Fier de Färma Schulz & Schmidt.

De Bliemchenrache

Uffn Sofa liecht ä Weib
Un das schläft zum Zeitvertreib.
Nähm ihr schteht ä Blietenschtrauß,
Där schtreemt sieße Difte aus.

Blätzlich gommt so was wie Lähm
In de Blum', un Älfen schwähm
Aus dn Gälchen sacht un leis,
Bilden um das Weib ä Greis.

«Warte nur», schimpft änne Nälke,
«Du bist schuld, daß ich verwälke!» –
«Freilich», brilln gleich zwee Narzissen,
«Hättste uns nich abgerissen!»

«Frächheet», räsoniert 'ne Rose,
«Gästern fäst un heite lose!»
Un sogar ä Veilchen blärrt:
«Warum bin ich rausgezärrt?»

Schließlich meent ä Ridderschborn:
«Los, jetz lassmr unsern Zorn
An däm Weibsbild gräftich aus,
Dasse schtärbt am ganzen Schtrauß!»

Un se duften noch viel mähr,
Schwiel un giftich, dumf un schwär.
«Häärtersch», ruft ä Lack voll Hohn,
«Ähmd jetz hat geseifzt se schon!»

Immer doller, immer schlimmer
Fillt mit Giftbarfiem sich's Zimmer.

Heechst gefährlich wärds im Raum.
Weib, wach uff jetz aus dein Draum!

Geene Schbur, se liecht ganz schtumm,
Un de Blum' frein sich wie dumm.
«Siste, Freilein», hehnse alle,
«Grubst dr sälwer deine Falle!»

An Minnan

Ei du ganz infames Luder,
Minna, schämste dich denn nich?
Jetz bussierschte mit mein Bruder,
Neilich saachtste, de liebst mich.

Weib, das is doch hundsgemeene.
Fiehlste das nich sälwer, du?
So 'ne niederträchtche Gleene
Bringt een noch um Schlaf un Ruh'.

Mit dän hibschen Bärlngeschmeide,
Das'ch 'r goofte von mein Lohn,
Goggediert das Weibsbild heide
Fäste mit ä andern schon.

In dn Laggschuhn von mein Gelde
Danzt se flodd im Schwooflogal,
Un drin im Schambancherzelde
Grehlt se rum. 's is ä Schgandal!

Minna, Minna! Ungeheier!
Schtatt ä Härz hast du ä Schteen.
Schwindel war dei Liewesfeier,
Fier dein Schmus, da dank ich scheen.

Awer warte, du Ganallche,
Rasch verfliecht de Juuchendzeet.
Deine hibsche schmale Dallche
Balde wärdse blumb un breet.

Neie junge schlanke Dinger
Ziehn de Gärle ab von dir.

Un de läckst villeicht de Finger,
Falsche Minna, noch nach mir.

Nacherds schläächt fier mich de Schtunde
Sießer Rache, du Filuh!
Un ich ruf mit hehnschem Munde:
«Nischt zu machen, loof nur zu!»

Dr weiße Härsch

Drei Jäächer brillten dorchn Wald:
«Heit machmr 'n weißen Härsch noch gald!»

Se leechten sich zunächst mal hin,
Weil doch gefrihschtickt ooch muß sin.

Hernachens schliefen alle ein,
Vom Frässen voll un ooch vom Wein.

Da dreimtense nu großen Schtuß.
Dr Härsch war sicher vor ä Schuß.

Drum gamr ganz gemiedlich ran
Un schnubberte de Jäächer an.

De Flinden zärrtr leise wägg
Un schlebbtse fort in ä Verschtägg.

Dannränntr mit sein Brachtgeweih
Vorn Bauch de Jäächer alle drei.

Die gullern ganz verdeest un dumm
Noch halb im Schlaf im Moose rum.

Bis eener bläkt: «Dort saust das Vieh!»
Da feixt dr Härsch: «Mich grichtr nie!»

Heggdorsch Abschied

«Warum mußte dich bloß egal gambeln
Mitn Feinde in dr grimmchen Schlacht?
Wie dr Griech de Fälder dut zerdrambeln,
Dadran haste, gloob ich, nie gedacht!

Wäshalb mißt ihr Mannsen immer schtreiten?
Habbtr denn fiern Frieden gar geen Sinn?
Gaum ergenntr eiern Feind von weiten,
Greiftr schon zum Schwärt un säbbelt hin.»

«Weeßte, Frau, jetz häär mal uff mit Gwasseln,
Denn dei ganzer Seirich hat geen Zwägg.
Siste, wenn de Schwärter frehlich rasseln,
Bin'ch ähmd vor Begeistrung futsch un wägg.

Sowas braucht ä Mann nu mal zum Glicke,
Denn drheeme mobst mr sich doch dod.
Zu dr Heislichgeet als Geechenschticke
Lockt ä frischer Gamf beis Morchenrod.»

«Nee, mei Heggdor, das bleibt mir ä Rädsel,
Das gabbiersch im ganzen Lähm nich, du!
Gomm, iß wenichstens ärscht änne Bräzel
Un drink änne Dasse Laadsch drzu!

Wie de jung warscht, dacht'ch so in mein Gobbe,
Mitn Jahrn, da leecht sich das bei dir,
Wenn'ch so rächt gut goche un dich schtobbe,
Wärschte mit dr Zeit ä Murmeldier.»

«Geene Ahnunk! Das läßt sich nich deeden.
Was ä Gämfer is, där bleibt ähmd so.

Heggdorsch Abschied

Unsereener mißte doch erreeden,
Wolltr schtill sich hoggen ins Biro.

Doch nu mache, bring de Handgranaden!
Fill de Därmosflasche mit Gaggau!
Un scheen schtramm mit dorchgedrickten Waden
Nimmste Abschied als 'ne Häldenfrau.»

's dumme Veilchen

Ä Veilchen bliehte an ä Bache
Un meente: «Das is geene Sache.

Im Dal hier unten maach'ch nich bleim,
Mei Ährgeiz dut mich heher dreim.»

Druff dats de Worzelbeenchen schwing
Un wärklich uff ä Hiechel dring.

Dort blieb's een Daach lang ruhich schtehn,
Dann fand's ooch hier de Wält nich scheen.

Un wieder zooch's de Fieße raus,
Nach neier Wohnunk wandert's aus.

Där Bärch dort locktes, doch nich leicht
Ward däm sei Gibfel ooch erreicht.

Halbdod gams Veilchen ahmds ärscht nuff
Un dachte schon: Jetz geh' ich druff!

Zum Glicke fand's noch lockern Boden
Un hielt sich fäst mit Fuß un Foden.

Gaum lief 'ne Woche hin dorchs Land,
Warsch wieder nischt mit Blatz un Schtand.

Denn's Veilchen schielte egal hin
Zu'n Glätschern, weil die heher sin.

Ach, dummes Bliemchen, bleib doch schtehn!
Dort ohm erfrierschte Arm un Been.

Äja, das ibermietche Dink
Am nächsten Morchen nuffwärts gink.

Schon unterwäächs warsch forchtbar giehl,
Doch weiter drieb's sei Ährgefiehl.

's war schon bald Nacht, da schtand's ganz weiß
Un radlos uff ä Schtickchen Eis.

De Worzeln fanden närchends Grund,
's gam immer diefer uffn Hund.

«Ach gäb's doch wenichstens hier Bunsch!»
Das war sei lätzter heeßer Wunsch.

Un richtch, gaum gliehte 's Morchenrod,
Da war das dumme Veilchen dod.

Dr sibbzichste Geboortsdaach

In sein Lähnschtuhl neingehuschelt,
Von viel Gissen weech umguschelt,
Im Genick zwee Schlummerrällchen,
Sitzt dr alde Babba Bällchen.

Sibbzich Jahre wärd'r heite,
Hat schon änne lange weite
Daseinsfahrt brav abgeleiert.
Nu verdientrsch, daß'r feiert.

Uff dr buntgeschtickten Schbitze
Von Härrn Bällchens Zibbelmitze
Hockt 'ne große fädde Flieche
Un macht diefe Ademzieche.

Friedlich schlafen so die beeden,
Dreim vergniecht von friehern Zeeden.
Bloß de Wanduhr diggt ganz leise
Drinne in ihrn Holzgeheise.

In dr Giche wärd indessen
Fiersch Geboortsdaachs-Guchenessen
Alles scheen zurächtgedraachen,
Was erfreit dr Gäste Maachen.

Gräbbelchen un Schblidderhärnchen,
Gäsegeilchen, Budderschtärnchen,
Schtrumbsohln, Schtreiselguchen, Fladen,
Gurz, ä ganzer Bäggerladen.

Schließlich – 's is schon gleich halb viere –
Naht Frau Bällchen sich dr Diere.

«Alder», meentse sanft un heider,
«Wach jetz uff un schlaf nich weider!

's dauert bloß noch zähn Minuden,
Bis de Ginder gomm, de guden.
Frehlich aus dr nächsten Värzn*
Wärnse sich ins Haus nein schtärzn.»

«Nee», schbricht druff dr Greis bedächtich,
«Baß mal uff, de irrscht dich mächtich.
Die fahrn sicher mit dr Dreizn,
Denn die dut im Winter heizn.»

«Mit dr Dreizn? Da muß'ch lachen!
Wose so ä Boochen machen!» –
«Awer Alde, bis doch friedlich,
Wär nich gleich so ungemiedlich!»

Da zum Gligge bimmelt's draußen
Un de Ginder schtehn schon haußen.
Das war Reddung fier Härrn Bällchen,
Denn sonst gab's noch ä Grawällchen.

* Straßenbahn Nr. 14.

Dr betroochene Deifel

Ä Bauer war beim Fäldbeschtälln,
Däm dat dr Deifel sich gesälln.

Wie immer, sahkr greilich aus,
Ähmd so ä richtcher Mänschheetsgraus.

«Du, horche mal», rief Saddan gägg,
«De halwe Ärnte hol ich wägg.»

«Meinswäächen», schbrach dr Landmann schtramm,
«De obre Hälfte gannste hamm.»

«Scheen, liewer Freind, ich nähm d'ch beim Wort.
Zum Härbst bin'ch wieder hier am Ort.»

Druff feixte schtill dr Bauerschmann
Un flanzte Runkelrieben an.

Dr Deifel ärntete bloß Blädder
Und schimfte wietend: «Donnerwädder!

Im nächsten Jahr, du frächer Hund,
Da will'ch das hamm, was uffn Grund!»

«Gud, sollste griechen, is gemacht.»
Verschbricht dr Landmann druff un lacht.

Dann sätr Weizen uff sein Acker,
Freit uff de Ärnte sich schon wacker.

Schwabb haut im Sommer frisch un munter
Dr Bauer seine Ährn sich runter.

So, dänktr, nu gann Saddan gomm,
Mein hibschen Deel hab'ch mr genomm

Dr Deifel schbuckte wie verrickt,
Als'r sei Schtobbelfäld erblickt.

«Was soll'ch denn mit dän Dingern machen?»
So fauchtr grimmich aus sein Rachen.

Dr Landmann gam voll Schbott geloofen
Un meente: «Heiz drmit dein Ofen!»

's Gewidder

Urahne, Großmudder, Mudder un Gind
Die machten ä Ausfluuch ins Griene.
De Urahne guggte zuvor nachn Wind
Un meente mit ängstlicher Miene:
«'s gann sin, mir wärn heit noch mit Rääachen beschitt',
Drum nähm ich schon liewer mei Barrablieh mit.»
Doch ibermietch feixten de andern drei:
«Ä, gwatsch nich, Ur-Oma, das zieht ja vorbei!»

De Alde, die schäärte sich nich um dän Hohn
Un langte ihrn Schärm ausn Schranke.
Nadierlich gibbt's Räächen, ich schbieres doch schon,
Das war ähmd ihr fäster Gedanke.
Un wärklich, gaum warnse ä Schtindchen im Frein,
Da schtellte sich schon ä Gewidderchen ein.
Zuärscht dat's bloß dräbbeln, doch blätzlich fing's an
Zu dreeschen, was nur ausn Wolken rausgann.

Wie färbte de glatschende, matschende Flut
Dr Mudder ihr Gleed ganz abscheilich.
Dr Großmudder lief von ihrn lilanen Hut
De Briehe de Brust lang gar greilich.
Un 's Gind in sein Giddel aus Gräbbdeschien
Schtand da mitm Räggchen hoch iber dn Gnien.
Dr Gärdel, där hing um dn Bauch wie ä Schtrick,
De Wachsbärln zerflossen wie Drän' im Genick.

Doch schtolz wie ä Dänkmal aus Ärz un aus Schteen
De Urahne schtand unterm Schärme.
Se biebste vergniecht: «So ä Wädder is scheen,
Das gihlt rächt hibsch ab nach där Wärme.»

«Na ja», gabn schließlich de andern ooch zu,
«De Schlauste von alln warscht ähmd, Ur-Oma, du.
Ärscht hammer uns ja iber dich amisiert,
Doch du un dei Schärmchen, ihr habbt driumfiert.»

's Heidereeslein in Sachsen

Midden uff dr Dräsdner Heide
Schtand ä Weib in rosa Seide.
Schigge Schtrimbe, Bubigäbbchen,
An dn Ohrring' goldche Gnäbbchen.

Da gam ä Modorradfahrer.
Ohne Soziusbubbchen warer.
Däm lief mit gogädder Miene
's Freilein flink vor de Maschine.

«Hald!» so rief de gägge Gleene.
«Nimm mich mit, sonst wär'ch gemeene!»
Wubbdich, schwangse sich uffs Rädchen. –
Ja, so sin de sächs'schen Mädchen.

Dr letzte Falzgraf

Dr lätzte Falzgraf hatte Schulden,
De Gleibcher wollten's nich mähr dulden.

Se drängelten un mahnten mächtich.
Dr Falzgraf fand das niederträchtich.

Drum riefr eenes Daachs voll Wut:
«Jetz wärd vergooft de Burch un's Gut.

Dann bin ich all dän Ärcher los,
Ä Schtickchen Wald behalt'ch mr bloß.

Dadraus soll mich gee Schwein verdreim.
De Wärtschaft du'ch freiwillich reim.»

Un so geschah's. Dr Gleibcher Schar
Fand diese Leesung wunderbar.

Se feilschten unternander nu.
Dr Falzgraf guckte hehnisch zu.

Dann laatschtr glicklich in sein Wald,
Un alles andre ließn gald.

So hatr lange noch geläbt
Un vor geen Gleibcher mähr gebäbt.

Denn wärklich sorchlos haust mr nur
An deiner Brust, Mamma Naddur.

's Gaffeegeschbänst

Am Lilichenschteene um Middernacht
Da laatscht ä Geschbänst dorchn Fälsenschacht.
Das rasselt mit ärchendwas forchtbar dort rum,
De Leite, die flistern: «Jetz gehts wieder um!»
Nu hätte ja mancher rächt gärne erfahrn,
Was bloß där Geist rumwärcht schon seit so viel Jahrn.
Gee Mänsch aus dr Geechend gonnt sich das erglärn,
Was där in dr Schlucht drinne hatte zu mährn.
Bis endlich mal eener, Baul Borbsig aus Bärne,
Sich ranschlich voll Mud un Verdraun zu sein Schtärne.
Gaum dasses vom Gärchdorm dat Middernacht schlaachen,
Gam binktlich 's Geschbänst in ä Hämd ohne Graachen.
De gnochigen Finger umgramften ä Dobb,
Ä Schbiritusgocher drugs ohm uff sein Gobb.
Dann hockte sich's hin untern Lilichenschteen
Un braute sich Gaffee. Nee roch där bloß scheen!
Befeiert vom Dufte dr geddlichen Drobben
Fing Baul an zu bläken: «Heh, mir ooch ä Schobben!»
Hieruff gabs ä Gnall un dr Geist war verschwunden.
Baul Borbsigen hammse am Morchen gefunden,
Där saß schwär verbrieht in 'ner Gaffeelache.
Das war däm geschteerten Geschbänst seine Rache.

's Gaffeegeschbänst

Dr Abbelboom

Da hatt' ich neilich mal gee Gäld,
Doch Hunger um so schlimmer,
Wie's das sähr oft gibbt uff dr Wäld,
Zu wohl wärd's een ja nimmer.

Ä Abbelboom am Wääche schtand,
Dran bammelten viel Frichte.
Da leecht' ich mich an Schtraßenrand
Un dat, als ob ich dichte.

In Wärklichgeet da schielt' ich nuff
Bloß egal zu dän Äbbeln,
Bis ändlich sich dr Wind macht' uff,
Ließ welche runtersäbbeln.

Die schtobbt' ich in mein Bombadur
Un fraß een nachn andern.
Nu braucht' ich doch dorch Wald un Flur
Nich hungrich mähr zu wandern.

Dr Fischer

Mit dr Angel in dr Hand
Saß ä Mann am Uferrand,
Schtarrte uff de Fluten hin,
Nach ä Garbfen schtand sei Sinn.

Leider wollte geener gomm,
Alle warnse fortgeschwomm.
Doch drfier guckt aus dn Woochen
Jetz ä Weib mit hibschen Oochen.

«Horch mal, Gleener», meent de Scheene,
«Eechentlich is das gemeene,
Wiede meine Fische lockst
Un dann damit heeme sockst.

Haste denn gee Härz im Balche,
Egelhafte Mordganallche?
Wenn dorchaus de angeln mußt,
Nu, dann gomm an meine Brust!»

Un se beicht sich hin zum Manne,
Flistert sieß: «Ich heeße Hanne,
Wohne in ä Muschelschlosse.
Gomm un sei dort mei Genosse!

Dorten unten gibbt's geen Gummer,
Däächlich fräßmr frischen Hummer.
Närchendswo läbt sich's so sieß
Wie im Woochenbaradies.»

Druff fängt 's Wasser an zu schwäbbern.
«Weib, du gannst een ganz bedäbbern!»

So ruft noch dr Fischer bange.
Doch da hatn schon die Schlange.

Nunter zärrtsen in ihr Reich.
Alle Fische feixen gleich,
Denn se wissens ganz genau:
Heide wärn die Mann un Frau.

Dr dichtche Landsgnächt

In Goddfried von Bulljong sein Häär
Da war ä Landsgnächt dick un schwär.

Däm wurdes mit dr Zeit zu dumm,
Das Reiden in dr Wieste rum.

So bliebr mal rächt weit zurick
Un rief: «Jetz habbichs awer dick!»

Dief in dn Sand datr sich baddeln
Un gaute drzu sieße Daddeln.

Sei Färd laach schtill nähm 'ner Oase
Un gihlte sich vergniecht de Nase.

Dr Landsgnächt schbraach: «Hier isses fein,
Eh's Nacht wärd, holn mr 's Häär schon ein.»

Doch geechen Ahmd, da brillte was,
Ganz greizgefährlich deente das.

Un blätzlich schbrang ä gälbes Dier
Uff beede zu voll Mordbegier.

Wie bibberte vor Schräck dr Gaul!
Jedoch dr Landsgnächt war nich faul.

Sei Schwärt ergriffr un schluuch zu.
«So, fräches Biest, jetz schtärwe du!»

Schwubb – da warsch dod. Dr Mann schbraach: «Sieste,
Nu liechste schtumm hier in dr Wieste.

Doch hättste uns nich angefalln,
Dann läbste noch mitsamt dein Gralln.»

Druff zoochr 'n Vieh sei Fäll vom Balche
Un schlang's sein Färde um de Dallche

Dann riddense gemiedlich fort
Un gam bald an ä främden Ort.

Wie de Bewohner sahn de Haut,
Da bläktense begeistert laut:

«Hurrah, där hatn Leem erleecht,
Där uns so lange uffgereecht!

Das is ä Häld! Där bleibt jetz hier
Un gricht ä Schlauch voll Laacherbier.»

Jetz wurde's ärscht däm Landsgnächt glar,
Daß, wasr draf, ä Leewe war.

Denn drotz där ganz gewaltchen Datze
Da hieltrsch fier 'ne Riesengatze.

Hier sieht mr wieder, was ä Mann
In seiner Unschuld leisten gann.

Dr Reiwer

Aus'n diestern Walde raus
Drat mal an ä Friehlingsmorchen
Dr Härr Reiwerhaubtmann Klaus
Un dat uff de Lärchen horchen.

Frehlich sang' die ibersch Fäld
Ihre allerscheensten Driller.
Dief im Frieden laach de Wäld.
Da gam Freilein Malchen Miller.

Sibbzn Jahre, hibsch un schlank.
Maiblum' brachtese un Flieder
In ä Gorbe. Uff 'ner Bank
Sätzte se sich ärscht mal nieder.

Sachte schlich dr Reiwer da
Wieder nein in sei Verschtäcke,
Daß sei Eißres nich etwa
Freilein Miller jäh erschräcke.

In sein Härzen dachtr drin:
Wär' dei Gorb voll Edelschteene,
Ließ'ch dich drotzdäm frei dahin,
Weil de mich so riehrscht, du Gleene.

Un so schtiech de Maid ins Dal,
Unbehällicht bis zum Ziele.
Nu, da siehtmrsch widder mal:
Ooch ä Reiwer hat Gefiehle.

Vom Beimchen, das andre Blädder wollte

Ä Nadelbeimchen schtand im Walde
Un schimfte, dasses weithin hallte:
«Warum bloß habb ich geene Blädder?
Das wär doch wärklich viel viel nädder.
Dann sähk ich wie de andern hier
Un nich wie so ä Schtacheldier.»

Druff winschte sich's so rächt von Härzen,
Bevor sich's dat in Schlaf neinschtärzen,
Viel goldche Blädder an de Zweiche,
's wollt's scheenste sin im ganzen Reiche.
Friehmorchens, wie's ähmd uffgewacht,
Schtehts da in goldcher Blädderbracht.

«Was saachtr nu?» riefs schtolz un schtrahlte.
Doch wie's noch mittendrinne brahlte,
Da gam ä Reiwer mit ä Mässer,
Där schrie: «De Zeiten wärn jetz bässer!
Schon sieht mrsch Gold vom Boome bammeln!»
Rubbs, datr sich de Blädder sammeln.

Da schtand nu's Beimchen nackch un gahl
Un meente: «'s is doch ä Schgandahl!
Gaum hat mr sich hibsch rausgebäbbelt,
Da gommt ä Reiwer angesäbbelt.
Drum winsch ich liewer mir jetz Laub
Aus Glas; das reizt nich so zum Raub.»

Am nächsten Morchen, so ä Schbaß,
Hing'n Blädder dran aus Glimberglas,

Die glitzerten wie Silwerzeich,
Ä wahrer Schtaat war jeder Zweich.
Doch blätzlich gam ä Wärbelschtorm,
Där hat de Härrlichgeet verdorm.

«Nu so ä Mist», rief's Beimchen da,
Wie's rings um sich de Schärwel sah,
«Jetz wär mrsch liewer, meine Blädder
Wärn grien, dann gimmert mich gee Wädder.
Was nitzt een de Besonderheet,
Wennse bloß gnabb ä Daach beschteht!»

Un wieder ging de Sonne uff.
Da hatte's Beimchen Blädder druff
Genau so grien wie de Golleechen.
Rax, dat sich was im Busche reechen:
Ä Ziechenvieh gam angehubbt
Un hat de Zweiche gahlgerubbt.

Vor Schräck fand's Beimchen nich ee Wort.
De Zieche war schon lange fort,
Da schtands noch immer wie bedäbbert
Un fiehlte sich schwär abgeläbbert.
Ach, dachte's draurich so fier sich,
De Nadeln warn äs schlächtste nich.

Harztränchen weent's, die sahk mr borzeln
Wie Bärln bis nunter uff de Worzeln.
Wie's frieh erwachte aus sein Dreimchen,
Da warsch wie eenst ä Nadelbeimchen.
«Nu Goddseidank», so feixte's froh,
«s'gescheitste is, mr bleibt ähmd so!»

Siechfrieds Schwärt

Siechfried war ä gräftcher Junge,
Urgesund an Härz un Lunge.

Mit sein beeden schtarken Feisten
Datr allerhand schon leisten.

Eenes Daaches schbraach där Riebel:
«Hier drheem ward mirsch noch iebel!

Egal Schularweeten schreim,
Das is Gwatsch, das lass'ch jetz bleim!»

Un so ranntr hin bein Schmied
Dief in Wald, wo's Feier glieht.

«Meester», riefr, «nimm mich an,
Daß'ch dr zeiche, was ich gann.»

«Nu warum nich», meente där,
«Schtäll dich nur vorsch Feier här.»

Siechfried schwang dn Hammer gägg,
Glatsch, da war dr Amboß wägg.

«Mänsch», so schrie dr Schmied voll Graus,
«Du zerbochst doch 's ganze Haus!»

Doch dr Junge, unbeärrt,
Haute sich ä Riesenschwärt.

Frehlich nahmrsch in de Faust
Un is drmit fortgesaust.

Aus dr Färne glang sei Lied.
Ganz bedäbbert schtand dr Schmied.

Dr Jinglink am Bache

Diefbedriebt in sein Gemiete
Saß ä Jinglink an ä Gwäll,
Seifzte schwär: «Du meine Giete,
Wie vergeht doch 's Lähm so schnäll!

Ach, was nitzt mr meine Juuchend
Un de hibsche Schbortsgeschtalt,
Wenn vor lauter schtolzer Duuchend
Meine Liebste bleibt so galt!

Ohm im Schlosse dutse hausen
Als ä feines Grafengind.
Unsereener där schteht draußen,
Guckt sich noch de Oochen blind.

Wennse doch bei mich sich schliche
Nur ä eenzches Mal rächt sieß!
Ooch in Schtuwe, Gammer, Giche
Lebt sich's wie im Baradies.»

Dr reichste Färscht

Aenne ganze Menge Färschten
Saß ämal in Worms beisamm,
Labte sich an Bier und Wärschten,
Wie's Monarchen gerne hamm.

Blätzlich rief dr Härr von Sachsen:
«Nähmts nich ibel, doch mei Land –
Silweradern dun's dorchwachsen –
Is als reichstes rings begannt.»

«Silwer hats schon, freilich, freilich»,
Schbrach dr Rheinsche Gurfärscht druff,
«Doch dei Wein, där schmäckt abscheilich.
Meiner – ja, das is ä Suff!»

«Zankt eich nich», schrie da dr Baier,
«Rauft eich liewer, ich mach mit!
Ibrichens, so hibsch wie eier
Land is meins uff Schritt un Tritt.»

Schließlich saachte aus sein Winkel
Wärdenbärchs Färscht Aewerhard:
«Eiern ganzen Reichdumsdinkel
Iberdrumf'ch uff *meine* Ard.

Wollt ihr mal 'ne Reise machen,
Seidr immer bange drum,
Daß eich unterwächs Abachen
Iberfalln un leechen um.

Unsereener awer friedlich
Schtrolcht dorchs Land hibsch greiz un gwär.

Jeder nimmt een uff gemiedlich,
Denn mr is ähmd bobulär.»

«Dunnerliddchen», schrie dr Sachse,
«Das därft'ch freilich nich risgiern,
Denn da däte Reiwer Maxe
Mich womeechlich massagriern.»

«Ich därft's ooch nich», rief dr Baier,
Un de andern schtimmten ein:
«So ä Glick is ungeheier.
Aewerhard hats greeßte Schwein!»

Dr Erlgeenich

Ä Babba, där reidet mit Gustav, sein Sohn,
Seit anderthalb Schtunden dorchs Rosendahl schon.
Dr Doktor, der hatn Bewäächung emfohln,
Die will sich dr Alde nu jede Nacht holn.
Sei Gleener wärd ängstlich un meent: «Gugge da,
Dr Erlgeenich schbukt dort, schon gommtr ganz nah!»
«Ächa, dummes Gind», brillt dr Babba zurick,
«De bist ähm schon schläfrich, da flimmert dr Blick.»
«Ich sähn awer doch, dorten feixtr im Busche,
Äs Mondlicht, das fälltn diräkt uff de Gusche.»
«Ich weeß gar nich, Gustav, was du heite hast,
Das is weiter nischt wie ä schimmlicher Ast.»
«Nee, nee, gannst mrsch gloom, 's is ä Gärl un drhinter
Da schwähm seine Dechter. Verbibbch, sin das Ginder!
De eene, die winkt mitn Schnubbduch un lacht,
Ach Babba, is das änne gomische Nacht!»
Dr Alde wärd ärcherlich, reidet wie dumm
Un meent zu sein Jung: «Gugg dich bloß nich mähr um!
De schteckst een ja dadsächlich an mit dein Bleedsinn.
Wie gann bloß ä neinjährches Gind so verdreht sin!»
Un doller noch reidet dr Babba drufflos,
Wild fliechen de Fätzen von Aerde un Moos,
Dr Gaul schnauft wie närrsch, wärft de Mähne
gen Himmel
Un denkt: Was mei Reider is, där hat ä Fimmel! –
Na endlich da landense, 's wärd schon bald helle.
Dr Alde greift hinter sich – läär is de Schtelle.
Da ruftr un gratzt sich drbei hintern Ohrn:
«So 's richtch, jetz habbch Gustaven glicklich verlorn!»

Vom Gaiser sein Barde

Drei fidele Brieder saßen
Mal im Wärtshaus froh beim Wein.
Wiese dranken so un aßen,
Fieln gar manches drbei ein.

Eener gam färn ausn Wästen,
Ausn Osten Nummer zwee,
Un dr dritte von dän Gästen
Dibbelte vom Gardasee.

Jeder gab nu von sein Reisen
Allerhand Erläbtes gund.
Där dat dies, där jenes breisen,
Geener hielt lang schtill sein Mund.

Schließlich meente laut där eene:
«Neilich sah'ch dn Gaiser mal.
Nee, is däm sei Bard bloß scheene!
Braun un lang ganz golossal.»

«Wa?», rief uffgebracht dr andre,
«Lang, das isser, doch nich braun!
Sah'n schon oft, seitdäm ich wandre,
Schtäts war schwarz där Bard zu schaun.»

«Bei eich biebt's», schrie wild dr dritte,
«Majestät sei Bard is grau!
Dän mecht'ch sähn, där das beschtritte!»
Druff gabs gräßlichen Radau.

Jeder blieb bei seiner Farwe,
Bisses gam zur Geilerei.

Schon gab's manche diefe Narwe,
Da lief schnäll dr Wärt herbei.

«Laßt doch's Raufen sin, ihr Leite!
Dänn im neisten Hofbericht
Schteht, daß dr Monarch seit heite
Glattrasiert drääacht sei Gesicht.»

Dr gleene Roland

Im goldchen Riddersaale drin
Da sitzense beim Frässen,
De Diener sausen här un hin,
Als wärnse halb besässen.

Dr eene flitzt mit Braden an,
Ä andrer bringt's Gemiese,
Dr dritte, schon ä äldrer Mann,
Schläbbt Budding här, recht sieße.

Drzwischen wärbeln andre rum
Mit Flaschen un Garaffen,
Ä gleener Dicker dorkelt um,
(Där hat ähmd schon ä Affen).

Drzu macht 'ne Gabälle Grach
Mit Bauken in dr Ecke,
Beim Schlußaggorde waggelt's Dach
Un Galk hubbt von dr Decke.

Dorch all dän Rummel laatscht fidel
Ä Gnärbs von fimf, sechs Jährchen,
Där gimmert sich um geen Gragehl,
's grimmt geener däm ä Häärchen.

Gägg leeftr bei dn Geenich hin
Un maustn änne Schissel,
Da liecht ä scheener Schweinsgobb drin
Mit Lorbäärn um dn Rissel.

Dr Gleene rennt drmit drufflos,
Dr Geenich guckt bedäbbert

Un hat vor Schreck sein ganzen Schoß
Mit Subbe vollgeschwäbbert.

Nach änner Värtelschtunde gährt
Das Gind zurick zum Saale
Un langt vorm Geenich unbeschwärt
Nach däm sein Weinbogale.

«Nu nee», brillt da de Majestät,
«Das geht doch nich so weiter!
Du glaust mr hier mei Dischgerät
Un leefst drvon ganz heiter.

Schtell dich doch wenichstens ärscht vor,
Du Riebel, du gemeener!»
Zum Ginde neicht dr Färscht sei Ohr,
Un forsch bläkt unser Gleener:

«Dr gleene Roland wär'ch genannt,
Nu weeßtes, dicker Geenich,
Un außerdem sin mir verwandt.
Da schtaunste wohl nich wenich?»

«Wa? Mir verwandt? Erloowe mal,
Du hast ä Glabbs, mei Liewer!
Un jetz mach' d'ch fort, sonst gibbts Schgandal!
Dei Glaun, das habbch nu iewer.»

Dr gleene Roland rihrt sich nich
Un meent: «Jawoll, mei Bäster,
Dei eechner Näffe, das bin ich,
Ä Gind von deiner Schwäster.»

Dr Geenich haut sich uff sei Gnie,
Verwundert un bedroffen.
«Du – Bärdas Gind? Wo steckt denn die?
Erzähl mir das mal offen!»

«Nu, die wohnt gar nich weit von hier,
Mir hausen drin im Walde.
Ärscht gästern meentese von dir:
Där frißt sich dot, där Alde.»

«Haha», so feixt dr Geenich wild,
«Dadran genn'ch Bärdan wieder!
Jetz bin'ch verwandtschaftlich im Bild.
Gomm, Näffe, setz dich nieder!»

Druff ließer fier Gleen-Roland bring'
Ä ries'ches Galbsgegreese,
Das dat dr Junge gleich verschling',
Als Nachdisch noch fimf Gleese.

Dr Geenich schtreichelt seine Hand,
Schtellt frehlich fäst indässen:
«Mir sin verwandt, mir sin verwandt,
Nur mei Blud gann so frässen!»

Dann schicktr seine Gnabben aus,
Frau Bärda herzuschläbben.
«Los, holtse heem ins Bruderhaus
Un draachtse nuff de Dräbben!»

Dr gleene Roland feixte schtill
Un war mit sich zufrieden.
Vor däm laach nu ä Fräßidyll,
So gonntes bleim hinieden.

Dr gleene Roland

Dr Adler un de Daum

Ä Adler, dän dr Jäächer mal
Verwundet an sein Fliechel,
Där hubbte draurich dorch ä Dal,
Gonnt nich mähr uff de Hiechel.

Das war däm Voochel färchterlich,
Mr gann sich das ooch dänken.
Wär eenst bis an de Wolken schtrich,
Dän muß de Diefe gränken.

Mal saß das arme Adlervieh
Am Bach un dat schwär griebeln.
Ä Deibchenbaar flooch wiesawieh
Un freite sich am Liebeln.

«Ei gugge», rief dr Dauber da,
«Där dort is melanggolisch.
Dr Hochmud gommt vorm Fall, ja ja,
Das wärd an dem symbolisch.»

Druff dribbelten bein Adler hin
De beeden Daum gewichtich
Un meenten: «Griebeln hat geen Sinn,
Drum millern Se nur dichtich!

Das is mähr wärt, als däten Sie
Arznei sich holn in Masse,
Denn sicher sin Sie hohes Vieh
In geener Grankengasse.»

Dr Adler blieb ganz schtill un schtumm
Un hat sich nicht verdeidicht.

Da drehten die zwee Daum sich um
Un daten schwär beleidicht. –

So wärd's wohl bleim uff dieser Wält:
Uffdringlichgeet schtärbt nimmer.
Wer allezeit sein Schnabel hält,
Där reizt de andern immer.

Schälm von Bärchen

In Disseldorf war Maskenball.
De Bäärchen daten schärbeln,
Un fimf Gabälln mit Mordsgrawall
Begleiteten das Wärbeln.

Besondersch änne Herzoochin
Schwang lustich ihre Haxen,
Schbrang mit ihrn Bardner här un hin
Un machte dolle Faxen.

Dr ganze Saal ward uffmärksam
Uff die vergniechten Beeden.
Un wo se ooch voriebergam,
Erfreiten se ä jeden.

Mit «Bravo» un mit «Sabberlod»
Ward's Bäärchen angefeiert.
Se danzten balde sich zu Dod,
vom Walzerglang umleiert.

Doch als de Middernacht gam ran,
De Demasgierungsschtunde,
Da wollte dricken sich där Mann
Un forträn aus dr Runde.

«Hier bleibste», rief de Herzoochin,
«Jetz laß de Maske runter!» –
«Gee Mänsch därf wissen, wär ich bin»,
Lacht da ihr Bardner munter.

«Nu grade», ruft de scheene Frau
Un rubbten vom Gesichte

De Larve mit een Griffe schlau.
Na, das war 'ne Geschichte!

Denn där da schtand im Gärzenschein,
Dr Hänker warsch berseenlich.
«Das haut een hin», dat alles schrein,
«Där Schärz is sähr gewehnlich!»

Doch ruhich schbrach jetz dr Gemahl
Dr Herzoochin: «Nich iebel!
Ich schlaach, zu dilchen dän Schgandal,
Zum Ridder gleich dän Riebel.»

Härr Schälm von Bärchen hieß fordan
Dr Hänker voller Freide.
Schtolz riefr seine Alde an:
«Du, mir sin Edelleide!»

Dr Meisedorm

Dr Bischof Haddo, wie begannt,
Gab an de Hungrichen im Land
Gee Gärnchen aus sein Schbeicher.
Där geizche Hund verhehnte noch
De Armud un ihr schwäres Joch,
Ward sälwer immer reicher.

Jedoch de Schtrafe blieb nich aus.
Denn blätzlich war sei ganzes Haus
Dicht angefillt mit Meisen.
Die hubbten uff Härrn Haddo rum.
Där wurde halb verdreht un dumm
Un fing an auszureißen.

So floh dr Bischof ibern Rhein
Un groch in Inseldorm dief nein.
Fäst schloßr zu de Forte.
De Meise schwamm fix hinterhär,
Das fiel dän Viechern gar nich schwär.
Schwubb, warnse driem am Orte.

Se naachten sich dorchs Mauerwärk
Un richteten ihr Oochenmärk
Uff Haddos Schbeisegammer.
Dn ganzen Vorrad hammse bald
Verdilcht mit ihrer Fräßgewalt.
Dr Bischof rief voll Jammer:

«Nu so 'ne freche Meisebrut!
Bis uff dn lätzten Zuggerhut
Hamm die gereimt mein Laden.

Soll'ch denn verhungern in mein Dorm?»
De Meise feixten ganz enorm:
«Das gann dir gar nischt schaden!»

Wie schließlich alle Biggsen läär,
Fiel iber Haddon sälwer här
De wilde Meisebande.
Se fraßen uff dän beesen Mann
Un ließen nich ä Gnorbel dran.
So schtarbr voller Schande.

De wandelnde Glogge

Ae gleenes Mädchen wollte nie
Am Sonndaach in de Gärche
Un zeichte viel mähr Simbadie
Fiers Schtrolchen in de Bärche.

De Mudder meente: «Warte nur,
Du Riebel, du Ganallche!
De Glogge holt dich schon reddur
Un backt dich um de Dallche.»

Aecha, die hängt doch fest im Dorm,
So dachte unsre Gleene,
De Mama schwindelt ganz enorm.
Seit wann hamm Gloggen Beene?

Un frehlich flitzt där Sausewind
Am nächsten Sonndaachmorchen
Uffs neie iber Land geschwind
Un macht sich geene Sorchen.

Da blätzlich gommt was hinterhär
Gezuckelt mit Gehobbel:
De Glogge isses, dick un schwär,
Rennt wie ä Audomobbel!

Ae forchtbarn Schreck gricht's Mädel da,
De Haare schtehn zu Bärche.
«Ich gomm ja schon – ich gomme ja!»
Un schwubb saust's in de Gärche.

Am nächsten Sonndaach rannte's froh
Freiwillich zur Gabälle.
Nu ja, mir hätten's gradeso
Gemacht an seiner Schtälle.

De Schnärlzche un de Lärche

De Schnärlzche meenten: «Lärche, du bist dumm,
Hast uff dein Fäld doch gar gee Bubligum!
Drum gomme liewer rein in unsre Schtadt,
Weil jeder hier fier Gunst Verschtändnis hat.»

«Nich in de Hand», dat froh de Lärche lachen,
«Denn ausn Bubligum du'ch mir nischt machen.
Ich diriliere niemals fier de Masse.
Das iberlass'ch eich Schnärlzchen uff dr Gasse.»

De alde Waschfrau

Ja säddersch, das is änne Alde!
Die lob ich mir, so musse sin.
Zählt siemunsibbzich Jahre balde
Un schteht noch fäst im Waschhaus drin.

Se schbihlt de Hämden, wäscht de Hosen
Flodd fier ihr Gundenbubligum.
Dr Gässeldampf dut se umdosen.
Dr Seefenschaum schbritzt um se rum.

Doch 's schteert se nich. Se bleibt deswäächen
Fidel un schbiert gee Ungemaach.
Wenn se nur gann de Hände räächen,
Isse zufrieden Daach fier Daach.

Da schtaunt mr wärklich dief un ährlich
Un hat Reschbekt vor so 'ner Frau.
Mir sälwer wär' das zu beschwärlich,
Das fihl'ch schon heite ganz genau.

Leemridd

Dief warsch in dr Wieste drinne,
Wo mr dut im Sand versinken.
'ne Giraffe, lang un dinne
Suchte grade was zum Drinken.

Hurtich flitztese un schnälle
Mit weit vorgeschtrecktem Gobbe
Zur Oase hin, zur Gwälle.
Blätzlich heertse ä Gehobbe.

Aerchendwas dutse verfolchen,
Schbiertse deitlich un voll Grausen.
Will ä Schwarzer se erdolchen?
Immer flinker wärd ihr Sausen.

Da – ä Leewe mit 'ner Mähne
Jagt in ganz gewaltchen Sätzen
Uff se zu un flätscht de Zähne,
Dutse deiflisch grinsend hätzen.

Schließlich hubbtr mit een Schbrunge
Uff ihrn Riggen un schbielt Reider.
«Bin ich nich ä nedder Junge?»
Feixtr fräch un hätztse weider.

De Giraffe dänkt: Nu, wennr
Mich nich frißt, dann bin'ch zufrieden.
's is villeicht ä Scheenheetsgenner,
Hat sich drum fier mich entschieden.

Un geschmeichelt dräächt geduldich
Jetz de Lange ihrn Gebieder,

Bis där brillt: «Was bin'ch denn schuldich?»
Schwingt sich druff zur Aerde wieder.

«Nu, da saachmr rund ä Daler»,
Meent zum Leem de Drääächerin.
Doch als ä galander Zahler
Schmeißt där ä Fimfmarkschtick hin.

Leemridd

Dr Mummelsee

Rings um dn dunkeln Mummelsee
Blieht Liliche an Lilche.
Das is 'ne wahre Freide, heh,
De reenste Blumfamilche.

De Honichbien', mit viel Gebrumm,
Die mährn dort voller Wonne
Daachdäächlich mit ihrn Rissel rum
Als lustche Nuutschgolonne.

Gommt in dr Nacht dr Vollmond raus
Un schbiechelt sich in Wälln,
Dann schwärrn de Lilchenmädchen aus
Un danzen wie Libälln.

Se wedeln mit ihrn Schleiern rum,
Schwähm niedlich hin un wieder.
De een bewäächen sich bloß schtumm,
De andern, die sing' Lieder.

Zwee Schtunden dauert so das Bild,
Bis dann dr Lilchenvader
Sein Gobb schträckt ausn Wasser wild
Un schimft uff das Deader.

«Schäärt eich zurick in eiern Gälch!»
So brillt dr Alde grimmich.
Im nächsten Oochenblicke, wälch
Gewärche! Ei verdimmich.

Se rammeln alle wie verrickt
Nein in ihrn Blietenzwinger,

Doch geene Lilche wärd gegnickt,
So leichte sin die Dinger.

Schon schläächt von färne Eens de Uhr.
Husch isse läär, de Schtätte.
Dr Lilchenvader blumbst räddur
Ins griene Alchenbätte.

De Fischerhidde

Ä Fischer baute nah ans Määr
Sich änne gleene Hidde.
Dadriewer freitr sich gar sähr.
Nu hattr bloß zähn Schridde
Hin zu sein Gahne, där vergniecht
Zur Abfahrt färtch am Strande liecht.

Daachdäächlich fängt im Nätze drin
Dr Mann sich viel Magreeln,
Un mordet mit dr Zeit ooch hin
'ne Masse Häringsseeln.
Bis schließlich mal de Määresbrut
'ne Gonferänz hält in dr Flut.

î«Nee wißtr», meent embäärt ä Aal,
«Wie där sich hier gebärdet,
Das is doch eefach ä Schgandal!
Schtäts fiehlt mr sich gefährdet.
Mei galdes Blud wärd schon ganz heeß,
So macht das Scheisal een nerwees.

Mr is geen Morchen sicher mähr,
Ob ahmds noch frisch de Flossen.
Dageechen sätz mr uns zur Währ.
Drum schließt eich an, Genossen!
De Eenichgeet macht schtark un groß,
Mir gehn jetz uff dän Fischer los!»

Un alle wedeln mitn Schwanz:
«Gemacht, mir dun uns rächen!
Däm Glabbser seine Arroganz

Die wollmr schon zerbrächen.
Heit nacht, da griechmr untersch Haus
Un hehm de ganze Bude aus!»

Un wärklich hammse das geschafft,
Erfillt vom giftchen Zorne.
Se wiehlten mit vereenter Graft
Von hinten un von vorne
Am Grund dr Fischerhidde rum
Un schtilbtense dadsächlich um.

Dr beese Feind versank ins Määr
Mitsamt sein ganzen Grame.
Un um das Wrack huscht hin un här
Manch Fisch mit seiner Dame.
Nu gennse ungeschteert bussiern,
Gee Mänsch wärd mähr de Angel riehrn.

Graf Richard ohne Forcht

Da is ämal ä Graf gewäsen,
Von däm war weit un breit zu läsen,
Daß geene Forcht sei Härz je zwackte
Un niemals Schräck Härrn Richard backte.

Mal riddr dorch ä Dal bei Nacht,
Rächt hibsch gemiedlich un scheen sacht.
Da sahkr änne Gärche schtehn
Un scheite sich nich, neinzugehn.

Gaum warer drin in dr Gabälle,
Groch ä Geschbänst vom Wandgeschtälle,
Das schwäbte uff Härrn Richard zu.
Där feixte amisiert: «Nanu,

Was gommt dänn da fier ä Gescheeche?
Das dänkt wohl, daß'ch mich drum erreeche?
Nu nee, so bleed is Richard nich.
Gomm här, mei Freind, ich schtreichle dich!»

Druff gam's Geschbänst noch bißchen weiter
An Richard ran, doch där blieb heiter
Un meente bloß: «Gärl, s' hat geen Sinn,
Weil ich nu eemal forchtlos bin.»

Dann laatschte Richard naus bein Rabben
Un dat vergniecht ins Finstre drabben.
Doch blätzlich riefr: «So ä Mist,
Wenn mr sein Handschuhk wo vergißt!»

Gleich schbrängtr nochmal zur Gabälle.
Dr Geist saß uff dr alten Schdälle.

«Entschuldche nur», schbrach Richard gägg,
«Mei eener Handschuhk, där is wägg.

Ich will mr'n bloß ä häbbchen suchen,
De wärscht mich däshalb nich verfluchen.
Hier hängtr ja schon an ä Gidder!
Na Goddseidank, nu habbchn widder.»

Un fort gings weiter dorch de Nacht.
Gee andrer hätt' das fertchgebracht.

Dr Reider un dr Bodensee

's war mal dief im Winder drin,
Wo viel Eis un Schnee dut sin.

Uff sein Färde saß ä Reider
Un ridd frehlich immer weider.

Geene Rast gabs, geene Ruh,
Vorwärts gings nur immerzu.

«Wo bleibt bloß dr Bodensee?
Mr wärd noch ganz blind vor Schnee.»

Also schbricht dr Reiderschmann
Un schtrengt seine Oochen an.

Nischt zu machen, närchends Wasser,
Un de Sonne scheint schon blasser.

Weiter reidense 'ne Schtunde,
Dämmrich wärds jetz in dr Runde.

Blätzlich blinkt ä Licht von färne,
Vor 'ner Gneibe de Ladärne.

Frehlich schbrängt dr Mann druff hin
Un befraacht de Gellnerin:

«Saach mal, gleene hibsche Fee,
Wo is denn dr Bodensee?»

Un de Gleene feixt: «Dort hinden!»
Doch dr Reider gann nischt finden.

«Freilein, von dort gomm'ch doch här»,
Meentr un sei Härz globbt schwär.

«Is das meechlich? Ei herrjeh!
Mänsch, de rittst doch ibern See!»

Un dr Reider gratzt sich's Ohr:
«Hm, so gommt mrsch sälwer vor.»

Schaudernd schtehtr ganz im Schweeß. –
Gud, daß manches mr nich weeß!

Inhaltsverzeichnis

Kurt Tucholsky

Eine Auswahl der bei rororo erschienenen Bände von **Kurt Tucholsky**:

Gesammelte Werke *1907–1932 Herausgegeben von Mary Gerold-Tucholsky und Fritz J. Raddatz Kassette mit 10 Bänden* (rororo 29011)

Politische Briefe (rororo 11183)

Politische Justiz (rororo 11336)

Politische Texte (rororo 11444)

Sprache ist eine Waffe *Sprachglossen* (rororo 12490)

Schloß Gripsholm *Eine Sommergeschichte* (rororo 10004)

Unser ungelebtes Leben *Briefe an Mary* (rororo 12752)
Tucholskys Briefe an seine spätere Frau Mary müssen zu den ungewöhnlichsten Funden der Literatur des 20. Jahrhunderts gezählt werden.
«Hinter dem kämpferischen Publizisten wird ein sensibler, nach Liebe sich sehnender, von Einsamkeit bedrängter Mann erkennbar, dem die Erfüllung seines Glücks auf Erden versagt blieb.»
Neue Zürcher Zeitung

rororo Literatur

Wenn die Igel in der Abendstunde *Gedichte, Lieder und Chansons* (rororo 15658)

Jelängerjelieber *Von der Liebe, den Frauen und anderen Entzückungen* (rororo 13613)
Die zahlreichen Texte zeigen den selbstironischen Spötter Tucholsky, aber auch den Erotiker, dem jede Prüderie fremd war.

Zwischen Gestern und Morgen *Eine Auswahl aus seinen Schriften und Gedichten* (rororo 10050)

3280/5a

Kurt Tucholsky

Kurt Tucholsky war einer der bedeutendsten Publizisten, Gesellschaftskritiker und Satiriker unseres Jahrhunderts. Die ersten Bände der auf 22 Bände angelegten neuen Tucholsky-Gesamtausgabe sind bereits erschienen. Die Gesamtausgabe enthält in chronologischer Anordnung mehr als 3200 Texte und geht damit über die vorliegenden Sammelausgaben um die Hälfte hinaus.

Kurt Tucholsky
Gesamtausgabe
Texte und Briefe

Band 1:Texte 1907–1913
Hrsg. von Bärbel Boldt, Dirk Grathoff und Michael Hepp
704 Seiten. Gebunden

Band 3: Texte 1919
Hrsg. von Stefan Ahrens, Antje Bonitz und Jan King
864 Seiten. Gebunden

Band 4: Texte 1920
Hrsg. von Bärbel Boldt, Gisela Enzmann-Kraiker und Christian Jäger
912 Seiten. Gebunden

Band 5: Texte 1921–1922
Hrsg. von Elfriede und Roland Links
992 Seiten. Gebunden

Band 6: Texte 1923–1924
Hrsg. von Stephanie Burrows und Gisela Enzmann-Kraiker
800 Seiten. Gebunden

Band 9: Texte 1927
Hrsg. von Gisela Enzmann-Kraiker, Ute Maack und Renke Siems
1200 Seiten. Gebunden

Rowohlt Literatur

Band 10: Texte 1928
Hrsg. von Ute Maack
1072 Seiten. Gebunden

Band 14: Texte 1931
Hrsg. von Sabina Becker
768 Seiten. Gebunden
Tucholsky schrieb in diesem Jahr Feuilletons für die «Vossische Zeitung», die «Weltbühne» und den«Uhu».

Band 20: Briefe 1933–1934
Hrsg. von Antje Bonitz und Gustav Huonker
1040 Seiten. Gebunden
Der Autor war verstummt, Briefe waren für ihn die einzige Form des Schreibens. Seine Bücher waren verbrannt, Tucholsky war ausgebürgert – die Sorgen um die Sicherung des schwedischen Fremdenpasses werden hier erstmalig vollständig dokumentiert.

Band 21: Briefe 1935
Hrsg. von Antje Bonitz und Gustav Huonker
896 Seiten. Gebunden

Roald Dahl

Roald Dahls Eltern waren Norweger. Er selbst kam 1916 in England zur Welt. Dahl nahm an einer Expedition nach Neufundland teil, meldete sich mit Kriegsbeginn zur Royal Air Force und war Kampfpilot in Nordafrika. Damals begann er jene schwarzen Kurzgeschichten zu schreiben, deren Pointe man nie vorauszusehen vermag. Seine «Küßchen» wurden in zahlreiche Sprachen übersetzt. Dahl starb 1990 in England.

Küßchen, Küßchen! *Elf ungewöhnliche Geschichten*
(rororo 10835)

...und noch ein Küßchen!
Weitere ungewöhnliche Geschichten
(rororo 10989)

...steigen aus... Maschine brennt...
10 Fliegergeschichten
(rororo 10868)

Onkel Oswald und der Sudan-Käfer *Eine haarsträubende Geschichte*
(rororo 15544)

Mein Freund Claud
Erzählungen
(rororo 12764)

Kuschelmuschel *Vier erotische Überraschungen*
(rororo 14200)

Konfetti *«Ungemütliches + Ungezogenes»*
(rororo 15847)

rororo Unterhaltung

Ich sehe was, was du nicht siehst *Acht unglaubliche Geschichten*
(rororo 15362)

Boy *Schönes und Schreckliches aus meiner Kinderzeit*
(rororo 15693)

Der krumme Hund *Eine lange Geschichte*
(rororo 10959)

Im Alleingang *Meine Erlebnisse in der Fremde*
(rororo 12182)

Roald Dahl's Buch der Schauergeschichten
(rororo 12629)

Ein Gesamtverzeichnis aller lieferbaren Titel von **Roald Dahl** finden Sie in der Rowohlt Revue, kostenlos in Ihrer Buchhandlung, und im Internet: www.rowohlt.de

3213/6